우연히 마주친 글귀가

내 마음을 만졌다

김성희 엮음

우연히 마주친 글귀가 내 마음을 만졌다

1판 1쇄 발행 2023년 1월 26일
엮은이 김성희

교정 주현강 **편집** 윤혜원
마케팅 박가영 **총괄** 신선미

펴낸곳 (주)하움출판사 **펴낸이** 문현광

이메일 haum1000@naver.com **홈페이지** haum.kr
블로그 blog.naver.com/haum **인스타** @haum1007

ISBN 979-11-6440-289-2(03810)

좋은 책을 만들겠습니다.
하움출판사는 독자 여러분의 의견에 항상 귀 기울이고 있습니다.
파본은 구입처에서 교환해 드립니다.

넘어지지 않으려 힘주고 사는 일상에

때로는

힘을 뺀 몇 줄의 글귀가 가슴속 깊은 울림을

경험하게 합니다.

책 속 어딘가에서 마주친 글귀에서

나 자신을 만나 안아 주고

그대를 만나 이해하며

우리가 되어 함께 공감했던 기억

그 기억들을 떠올리며 잠시 숨 고르기가 필요한 날

가만히 손을 잡고 어깨를 빌려주던 그 마음으로

한 분 한 분 작가님들의 위로와 용기와 토닥임

그리고 희망과 성장의 글귀들을 소개합니다.

김성희

좋은 글이란

온갖 언어로 포장한 글이 아니라

읽는 순간 가슴 떨리게 공감되는 글이다.

좋은 사람이란

조건이 좋은 사람이 아니라

나와 잘 맞는 사람이다.

좋은 집이란

대궐 같은 곳이 아니라

피곤한 몸과 마음을 편히 쉬게 하는 공간이다.

조미하 〈꿈이 있는 한 나이는 없다〉 중에서

습관은 복리로 작용한다.

돈이 복리로 불어나듯이 습관도 반복되면서

그 결과가 곱절로 불어난다.

어느 날 어느 순간에는 아주 작은 차이여도

몇 달 몇 년이 지나면 그 영향력은 어마어마해질 수 있다.

제임스 클리어 〈아주 작은 습관의 힘〉 중에서

서로에게 전혀 압박감을 주지 않는 사람과는

협업하지 않는 편이 좋다.

우리의 목표는 우리의 결함을 찾아내고 이를 극복하는 데

도움을 줄 수 있는 사람을 찾는 것이기 때문이다.

이상적인 협업자는 다른 관점을 제시하며

서로의 약점을 보완한다. 창작활동은 결국 팀워크다.

앨런 가넷 〈생각이 돈이 되는 순간〉 중에서

"그때 그러지 말걸."

하며 너를 가두지 마.

"다음엔 그러지 말아야지."

하고 너를 흘려보내.

김요비 〈그때 못한 말〉 중에서

금 1온스와 납 1온스의 무게는 같지만
본질적 가치는 다르지.
마찬가지로 딸에게 책을 읽어 주는 1시간과
친구들이랑 포커를 치는 1시간은
본질적으로 다른 가치를 지닐 수밖에 없어.

에릭 시노웨이 〈하워드의 선물〉 중에서

성적을 잘 받는다고 해서
꼭 성공하는 건 아니다.
그러나, 성적이 좋으면
자기가 하고 싶은 일을 선택할 수 있는
범위가 넓어진다.

짐 로저스 〈세계에서 가장 자극적인 나라〉 중에서

자신감이 떨어진다고 느낄 때, 남들과 비교하며 두리번거리지 말고, 당신이 잘하는 익숙하고 작은 일을 시도해 보세요. 사소하지만 성공률이 높은 일들 말이에요.
나를 사랑하는 일은 특별하고, 거대한 일을 할 때가 아니라 평범한 일을 특별한 마음으로 대할 때 가능해집니다.

김윤나 〈자연스러움의 기술〉 중에서

입을 열기 전에 스스로에게 질문을 던져라.

지금 하려는 말은 친절한가? 꼭 필요한가?

진심인가? 침묵보다 가치가 있는가?

이 기준에 미치지 못하는 말이라면 차라리 하지 않는 편이 낫다.

로잔 토마스 〈태도의 품격〉 중에서

여럿이 모여 머리를 맞댄다고 해서 창의적인 답이 나오는 것이 아니다.

새로운 경험과 정보로 자신을 업그레이드하지 않는

사람들끼리 모여 봤자 시간 낭비일 뿐이다.

김용섭 〈실력보다 안목이다〉 중에서

통제할 수 있는 것과 없는 것이 무엇인지

각각 정리해 본 다음,

통제할 수 없는 것은 내려놓으세요.

모든 에너지를

내가 진짜 하고 싶은 일에 쏟는 편이 현명하고

마음도 더 편합니다.

정재승 〈열두 발자국〉 중에서

무심코 던진 말 한마디에 품격이 드러난다.

나만의 체취, 나만의 속도, 내가 지닌 고유한 인(人) 향은

내가 구사하는 말에서 나도 모르게 뿜어져 나온다.

이기주 〈말의 품격〉 중에서

꽃은 아름다움을

가르쳐 주는 게 아니라

아름다움은

오래가지 않는다는 것을

가르쳐 준다.

정철 〈한 글자〉 중에서

물리적 거리를 좁혀 주는 건

디지털이지만

마음의 거리를 좁혀 주는 건

아날로그다.

양광모 〈귀뜸〉 중에서

그저 알고 있기만 한 것이 아니라

알기에 바뀌는 것.

알기에 실행하는 것.

그것이 진정으로 아는 것이다.

앤서니드 멜로 〈유쾌한 깨달음〉 중에서

날려 보내기 위해 새들을 키웁니다

저희가 아이들을 사랑하듯

아이가 저희들을 사랑하게 해주십시오

아이들을 아끼고 소중히 여기며

거짓 없이 가르칠 수 있는 힘을 주십시오

힘차게 나는 날갯짓을 가르치고

세상을 올곧게 보는 눈을 갖게 하고

이윽고 그들이 하늘 너머 날아가고 난 뒤

오래도록 비어 있는 풍경을 바라보다

그 풍경을 지우고 다시 채우는 일로

평생을 살고 싶습니다.

도종환 〈스승의 기도〉 중에서

꽃다발을 안기면

꽃 한 송이 한 송이를 눈여겨보지 않는다.

하지만

꽃 한 송이를 건네면 꽃을 바라본다.

사람의 말도 마찬가지다.

핵심은 긴 말이 아니라 한마디에 담아야 한다.

이창현 〈내 마음속의 울림〉 중에서

세상에서 가장 무서운 저항은

어떤 상황에서도 굴하지 않고,

자신이 해야 할 일을 묵묵히 해 나가는 것이야.

〈낭만닥터 시즌 2〉 김 사부 대사 중에서

서로에게 소중한 사람이 있다면

서로가 노력해야 할 것은

소통과 공감의 시간보다

각자가 지키고 싶은 선을 넘는

깊은 간섭을 자제하는 것이다.

정영욱 〈나를 사랑하는 연습〉 중에서

노트 한 쪽을 첫 쪽처럼 깨끗하게 필기하기가 쉽지 않습니다.

마음에 들지 않는 쪽을 뜯어내면 뒷부분이 그만큼 떨어져 나갑니다.

결국 뜯어내지 않고 그다음 쪽을 깨끗하게 쓰는 도리밖에 없습니다.

깨끗하지는 않지만 정성이 담긴 두툼한 노트를 얻게 됩니다.

신영복 교수 〈감옥으로부터의 사색〉 중에서

유독 친해지기 어려운 사람,

불편한 사람이 있다면

당신의 성장판이 바로 그곳에 있습니다.

성장은 불편함의 골목을 지나야 있습니다.

김윤나 〈슬기로운 언어생활〉 중에서

만일 누군가가 당신을 비난하거나 무시하거나,

깎아내리면 그것을 당신에게 건네려는 물건으로 생각하라.

당신이 그 물건을 받지 않으면 그만이다.

그 물건은 그냥 상대방의 손에 남아 있을 것이다.

마리사 피어 〈나는 오늘도 나를 응원한다〉 중에서

중요한 건 계획을 완수하는 것이 아니라

목표를 완수하는 것입니다.

우리는 목표를 완수하기 위해

계획을 끊임없이 수정하는 법을 배워야 합니다.

와키 쿄코 〈선 긋기의 기술〉 중에서

높은 곳에서 일할 때의 어려움은

글씨가 바른지 비뚤어졌는지 알 수 없다는 사실입니다.

낮은 곳에 있는 사람들에게 부지런히 물어보는 방법밖에 없습니다.

신영복 교수 〈서화〉 중에서

세대의 속성은 한 번 규정되었다고 해서 그대로 굳어지는 것은 아니다.

사람은 계속 나이를 먹고, 경험이 바뀌며 그에 걸맞게 진화하기 때문이다.

김용섭 〈요즘 애들, 요즘 어른들〉 중에서

하버드 학생들이 가장 흔하게 듣는 경고는

"엎질러진 우유 때문에 울지 마."

어떤 대상이든 당신이 돌이킬 수 없다면

상처받을 필요도 없다.

하버드 공개 강의 연구회 〈하버드 심리학 강의〉 중에서

토끼와 거북이를 육지에서 한 번만 경주를 시키고
토끼를 자만과 태만을 상징하는 동물로 간주하거나
거북이를 근면과 겸손을 상징하는 동물로 간주하면 안 된다.
바다에서 경주를 시키면 전혀 다른 결과가 나올지도 모르기 때문이다.
인간들이 어떤 대상의 가치를 판단하는 방식은
거의가 이런 모순을 간직하고 있다.
세상이 그대를 과소평가하더라도 절망하지 말라.
그대는 누가 뭐라고 해도 우주 유일의 존재다.

이외수 〈하악하악〉 중에서

가끔은 쓰던 걸 멈추고
연필을 깎아야 할 때도 있어.
당장은 좀 불안하고, 아파도
심을 더 예리하게 쓸 수 있지.
너도 그렇게 고통과 슬픔을
견디는 법을 배워야 해.

파울로 코엘료 〈흐르는 강물처럼〉 중에서

이기는 대화법은
표면적으로 조리 있게 유창하게
말을 잘하는 것보다
잘 들어 주고, 인정해 주고
공감해 주는 것부터 시작된다.

이서정 〈이기는 대화〉 중에서

세상에서 가장 무서운 지옥은
견딜 만한 지옥이다.
상황은 조금씩 나빠지고 있는데
견딜 만큼만 힘들어서
탈출할 생각을 하지 못하게 만든다.

부아C 〈부의 통찰〉 중에서

북극을 가리키는 지남철은
무엇이 두려운지 항상
바늘 끝을 떨고 있습니다.
여윈 바늘 끝이 떨고 있는 한
바늘이 가리키는 방향을
믿어도 좋습니다.
만약 그 바늘 끝이 전율을 멈추고
어느 한쪽에 고정될 때
우리는 그것을 버려야 합니다.
이미 지남철이 아니기 때문입니다.

신영복 교수 〈감옥으로부터의 사색〉 중에서

인생은 남과 비교하는 것이 아니라

어제의 나와 비교하는 것이다.

인생에서 중요한 것은 속도가 아니라 방향이다.

손미나 〈내가 가는 길이 꽃길이다〉 중에서

무언가를 시작하기도 전에 두려움을 느낀다면

그것은 반드시 해 보아야 한다.

두려움을 이기는 법까지 배우게 될 것이기 때문이다.

김은주 〈1cm art 일 센티 아트〉 중에서

어디서부터 시작해야 할지 모르겠다는 건

어디서든 시작해도 좋다는 것.

오늘은 무엇이든 시작해 볼 것!!

김요비 〈그때 못한 말〉 중에서

행복의 문 하나가 닫히면

다른 문들이 열린다.

그러나 우리는 대개

닫힌 문들을 멍하니 바라보다가

우리를 향해 열린 문을 보지 못한다.

이서희 〈200가지 고민에 대한 마법의 명언〉 중에서

스스로 행복하라

법정

바로 지금이지 다시 시절은 없다
한번 지나가 버린 과거를 되씹거나
아직 오지도 않은 미래에 기대를 두지 말고
바로 지금 그 자리에서 최대한으로 살아라
우리가 사는 것은 바로 지금 여기다
이 자리에서 순간순간을 자기 자신답게
최선을 기울여 살 수 있다면
그 어떤 상황 아래서도 결코
후회하지 않을 인생을 보내게 될 것이다

배가 그 자리에서 빙빙 도는 것은

키가 고장 났거나, 키를 잡은 사람이

방향 감각을 잃었기 때문이다.

배가 돌면 배에 탄 사람도 돈다.

누가 키를 잡았느냐에 따라

모두의 운명이 갈리는 이유다.

플레온 힐 〈생각하라 그러면 부자가 되리라〉 중에서

신은

한 사람을 망치려고 할 때

가장 먼저 화를 돋운다.

쑤린 〈어떻게 인생을 살 것인가〉 중에서

고마운 것은 외상이 없니라.

언제나 지금 고마운 것이니라.

즉시 고마워하거라.

그리고 나중이 아니라

지금, 고맙다고 말하거라.

김형로 〈미륵을 묻다〉 중에서

저마다 배터리 용량이 다르듯

우리의 체력도, 충전의 주기도

다를 수밖에 없다.

배터리의 잔여량은 남과 비교해서

알 수 있는 게 아니다.

자신을 위한 회복의 시간과 충전의 방법을

알고 있어야 하는 이유다.

김수현 〈애쓰지 않고 편안하게〉 중에서

기술은

덥지 않은 여름

춥지 않은 겨울을 만들기 위해

노력하고

예술은

더운 여름 그대로

추운 겨울 그대로의 낭만을

찾으려고 노력한다.

김은주 〈1cm art〉 중에서

어떤 농부가 무디어진 낫으로 일하는 아들에게
그 이유를 묻자 아들이 이렇게 말했다.
"할 일도 많은데 시간을 허비하고 싶지 않아서 그래요."
그러자 농부가 말했다.
"아들아, 무딘 연장을 가는 건 절대로 시간 낭비가 아니다."

프랭크 미할릭 〈느낌이 있는 이야기〉 중에서

때로는
말을 아끼는 것에 그치지 않고
말을 삼킬 줄 알아야 진정한 자기 통제다.

제임스 F. 매스터슨 〈참자기〉 중에서

수많은 복서들이
펀치가 강해서 승리를 거두는 건 아니다.
대부분 맷집으로 이긴다.

노진희 〈지금은 영시를 읽어야 할 때〉 중에서

제대로 된 상대를 만났다는

분명한 증거는

함께하는 시간 동안

변해가는 자신의 모습이

마음에 드는 것이다.

김달 〈사랑한다고 상처를 허락하지 말 것〉 중에서

이미 일어난 일은 경험이 되고

재정비의 시간은 더 큰 도약이 되고

인내는 성장을 주고

어려운 일은 배움을 주고

그 모든 것이 모여 좋은 기회가 온다.

글배우 〈고민의 답〉 중에서

인생을 다시 산다면

류시화

다음번에는 더 많은 실수를 저지르리라
긴장을 풀고 몸을 부드럽게 하리라
이번 인생보다 더 우둔해지리라
매사를 심각하게 보지 않을 것이며
보다 많은 기회를 붙잡으리라
실제적인 고통은 많이 겪을 것이나
상상 속의 고통은 가능한 한 피하리라
미래를 위해 하루하루를 살아가는 대신
나의 순간들을 더 많이 가지리라
그러한 순간들 외에는 다른 의미 없는
시간들을 갖지 않도록 애쓰리라

아무나 안 만나려다

아무도 못 만날 수 있고

아무 일이나 안 하려고 하다가

아무 일도 못 하게 될 수 있다

황경신 〈생각이 나서〉 중에서

썸데이(Someday)

언제가 잘될 거란

막연한 기대를 품고 살기보단

투데이(Today)

지금 손안에 있는 오늘에

확실하고 분명하게 집중하자.

김창옥 〈유쾌한 소통 법칙〉 중에서

지혜로운 사람은 합당하지 않은 칭찬에

별다른 즐거움을 느끼지 않는 반면

가치가 있는 일을 했을 때에는

비록, 아무도 칭찬해주지 않아도

스스로 최고의 기쁨을 느낀다.

애덤 스미스 〈도덕 감정론〉 중에서

불안할 때는 먼저 내 마음을 돌아보고

그다음으로 관계를 돌아봐야 합니다.

타인에게 받는 위로와 인정은

머지않아 또 다른 불안감을 줄 수 있어요.

'나'라는 기준점을 단단히 다지면

어떤 불안에도 지나치게 흔들리지 않습니다.

전승환 〈내가 원하는 것을 나도 모를 때〉 중에서

내가 선택한 모든 걸 후회하지 말자.

무언가 실패했다면, 좋은 경험이었다고 생각하자.

무언가 놓쳤다면 앞으로는 놓치지 말자.

누군가 잃었다면, 그 사람과의 추억을 더 소중하게 생각하자.

내가 겪은 경험들은 무엇과도 바꿀 수 없는 값진 것이니까!

김옥선 〈설레는 건 많을수록 좋아〉 중에서

나보다 뛰어난 사람을 만나는 것보다 더 중요한 건

나를 뛰어난 사람으로 만들어 주는 사람을 만나는 것이다.

이평 〈관계를 정리하는 중입니다〉 중에서

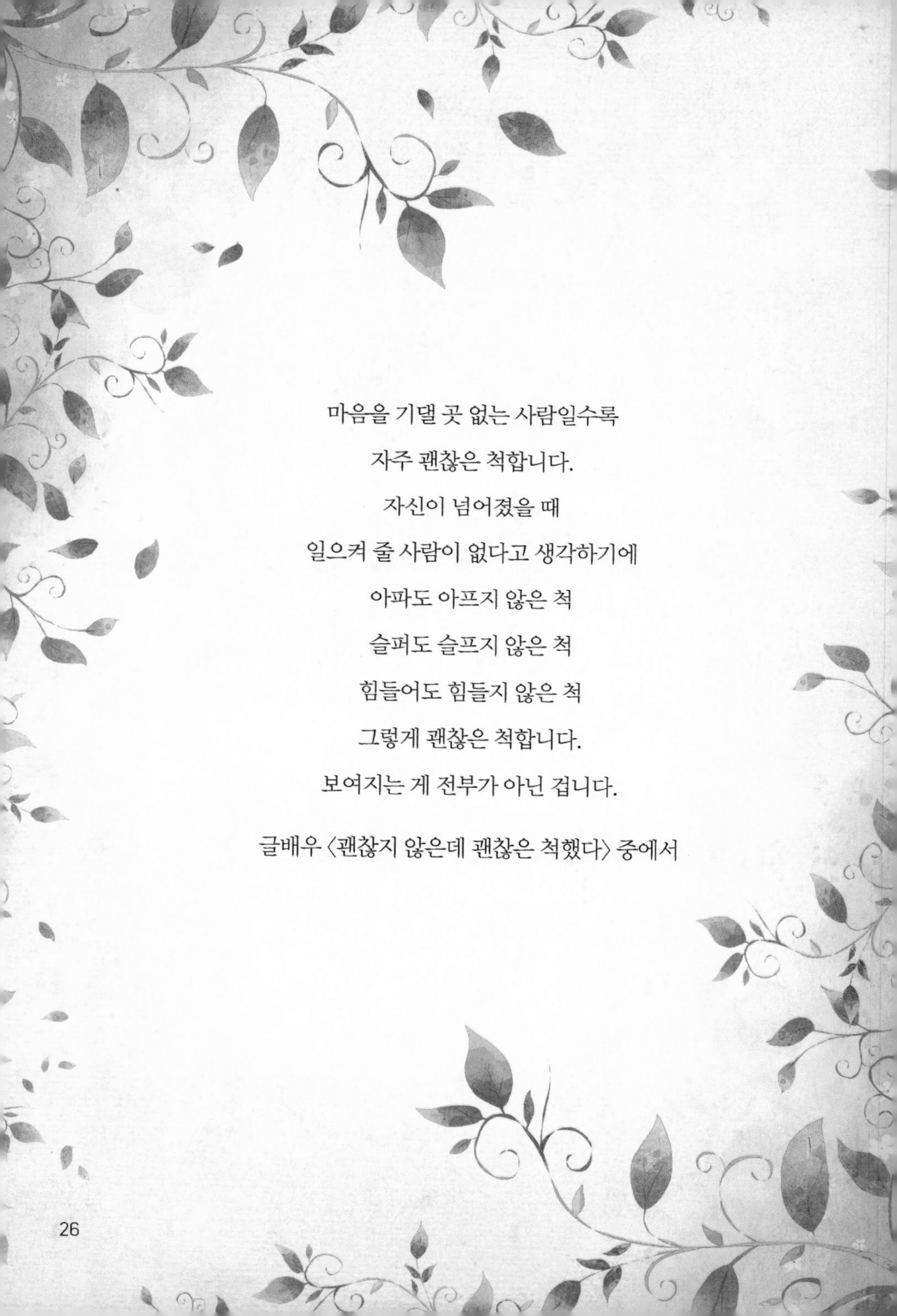

마음을 기댈 곳 없는 사람일수록

자주 괜찮은 척합니다.

자신이 넘어졌을 때

일으켜 줄 사람이 없다고 생각하기에

아파도 아프지 않은 척

슬퍼도 슬프지 않은 척

힘들어도 힘들지 않은 척

그렇게 괜찮은 척합니다.

보여지는 게 전부가 아닌 겁니다.

글배우 〈괜찮지 않은데 괜찮은 척했다〉 중에서

건강한 관계는 두 사람의 좋은 모습을
서로 닮아가는 것이고
아픈 관계는 두 사람의 단점을
서로 닮아가는 것이다.

서신애 〈마음의 방향〉 중에서

무리 지어 피어 있는 꽃보다
두셋이서 피어 있는 꽃이
도란도란 더 의초로울 때 있다

두셋이서 피어 있는 꽃보다
오직 혼자서 피어 있는 꽃이
더 당당하고 아름다울 때 있다

너 오늘 혼자 외롭게
꽃으로 서 있음을 너무
힘들어하지 말아라

나태주 〈혼자서〉 중에서

목소리가 예쁜 사람보다는

말을 예쁘게 하는 사람이 좋고

손이 따뜻한 사람보다는

눈빛이 따뜻한 사람이 좋다.

비싼 향수를 쓰는 사람보다는

자신만의 향기를 간직한 사람이 좋고

기념일을 잘 챙겨주는 사람보다는

사소한 걸 잊지 않고 기억해주는 사람이 좋다.

김준 〈지친 줄도 모르고 지쳐가고 있다면〉 중에서

불행은 엄연한 사유재산이다.

불행도 자산이므로 버리지 않고

단단히 간직해 둔다면

언젠가 반드시

큰 힘이 되어 나를 구원하게 된다.

소노 아야코 〈약간의 거리를 둔다〉 중에서

나에게 필요한 3가지 능력

걱정을 멈추는 일

새로운 것을 도전하고 지속하는 일

타인의 말에 흔들리지 않는 일

글배우 〈이미 어쩔 수 없는 힘듦이 내게 찾아왔다면〉 중에서

남들을 이기거나

남들에게 지려고

태어난 것이 아니기에

내 몫만큼 행복하게 살면 그만이다.

한성희 〈딸에게 보내는 심리학 편지〉 중에서

걱정 없이 무사태평으로 보이는 사람들도

마음속 깊은 곳을 두드려보면, 어딘가 슬픈 소리가 난다.

나쓰메 소세키 〈나는 고양이로소이다〉 중에서

우리는 매일 어제의 우리와 이별하며 산다.
누구와도 언젠가는 헤어진다는 것을
수시로 떠올릴 수 있다면
짜증이 화로 변하는 순간,
내 맘 같지 않아 '욱' 하는 순간.
이별하게 될 존재에 대한 배려로 마음이 넓고 따뜻해질 거다.

박애희 〈인생은 언제나 조금씩 어긋난다〉 중에서

좋은 사과를 얻기 위해
사과나무의 가지를 쳐 내듯
인생의 좋은 과일을 얻기 위해
당신을 소모시키는 필요 없는 일들을
잘라내고 가지치기하세요.
자르고, 버리고 하다 보면
모든 것이 가지런해집니다.

정목 〈달팽이가 느려도 늦지 않다〉 중에서

잘해야 하는데
그러지 못하고 있는 것 같은 생각이 든다면
당신이 최선을 다하고 있다는 것이다.
좋은 사람이 되어야 하는데
그러지 못하고 있는 것 같은 생각이 든다면
당신이 좋은 사람이 되어가고 있다는 것이다.
우리는 자신의 부족함을
똑바로 마주하는 그 순간부터
비로소 변화하기 시작한다.
그것은 나아감을 택했다는 것이다.

정한경 〈안녕, 소중한 사람〉 중에서

사람의 마음에는 보이지 않지만 한계점이 존재한다.
그 원리를 안다면
담아내는 것도, 참아내는 것도 적당히 해야 한다.
버티다 버티다 마음의 한계점에 다다르지 않도록
가끔은, 겉모습과 속마음을 바꿔 놓아야 한다.

이영직 〈행동 뒤에 숨은 심리학〉 중에서

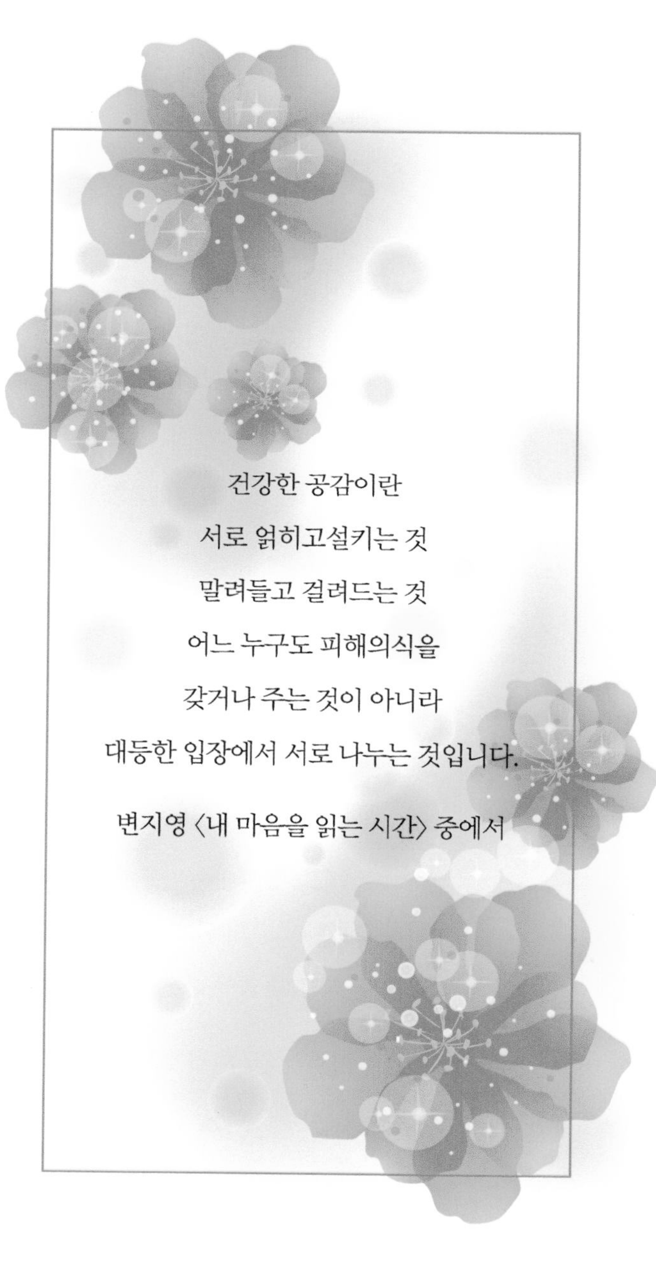

건강한 공감이란

서로 얽히고설키는 것

말려들고 걸려드는 것

어느 누구도 피해의식을

갖거나 주는 것이 아니라

대등한 입장에서 서로 나누는 것입니다.

변지영 〈내 마음을 읽는 시간〉 중에서

사람들이 하는 말에 너무 귀 기울이지 마.

어떤 사람은 나를 동그라미로 보고

누구는 네모로 본들 신경 쓰지 마.

모든 사람에게 완벽하게 좋은 사람일 수 없어.

나를 좋아하는 사람에게만 좋은 사람이면 돼.

김재식 〈좋은 사람에게만 좋은 사람이면 돼〉 중에서

편하다고

함부로 대하지 말고

잘해 준다고

무시하지 말고

져 준다고

만만하게 보지 말고

늘 한결같다고

변하지 않을 거라

생각하지 마라.

사람 마음은 한순간이다.

사람이 사람에게

등 돌리는 건 생각보다 쉽다.

유지나 〈소중하다면 아껴줘라〉 중에서

풀을 잘 자라게 하는 요소는

천둥 번개가 아니라

가뭄에 갑자기 내리는 폭우가 아니라

꾸준히 내리는 비다.

박웅현 〈여덟 단어〉 중에서

과거는 해석에 따라 바뀌고

미래는 결정에 따라 바뀌며

현재는

지금 행동하기에 따라 바뀐다.

도종환 〈가지 않을 수 없던 길〉 중에서

과거의 자신을 떠올리며

부끄러워할 줄 알고

현재의 자신을 바라보며

만족할 줄 알며

미래의 자신을 상상하며

자신감을 드러낼 수 있다면

긍정적 에너지가 충만한

값진 삶을 살고 있는 것이다

신영준 〈폴라리스〉 중에서

염려할 가치가 있는 일만 염려할 것
힘들 가치가 있는 일에만 힘낼 것
포기할 가치가 있는 일은 신속히 놓아줄 것
후회할 가치가 있는 일은 마음껏 아파할 것
내가 쏟을 수 있는 감정과 노력은 한계가 있다.
모든 것에 집중하는 습관을 줄여야
마음을 쉬는 생산적인 여유가 생긴다.

정영욱 〈잘했고 잘하고 있고 잘 될 것이다〉 중에서

이유 없이 나에게
돈을 쓰는 사람이 있다면
조심해야 한다.
그 사람을 절대로 잃지 않도록
조심해야 한다.

이승희 〈별게 다 영감〉 중에서

적을 만들기 원한다면
그들보다 잘났다는 것을 주장하면 된다.
그러나, 친구를 얻고 싶다면,
그가 나보다 뛰어나다는 것을
느끼도록 해주어야 한다.

이서희 〈200가지 고민에 대한 마법의 명언〉 중에서

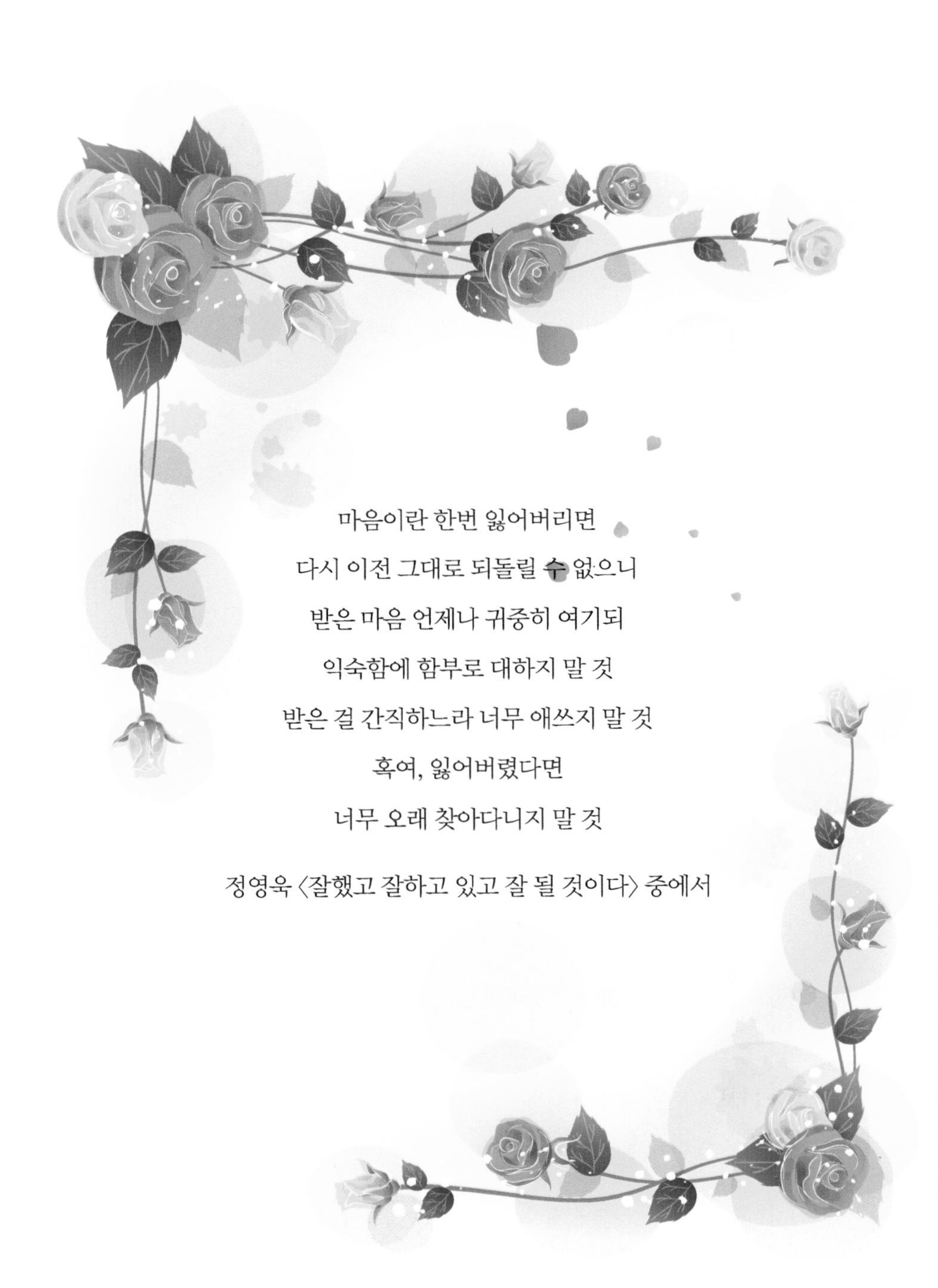

마음이란 한번 잃어버리면

다시 이전 그대로 되돌릴 수 없으니

받은 마음 언제나 귀중히 여기되

익숙함에 함부로 대하지 말 것

받은 걸 간직하느라 너무 애쓰지 말 것

혹여, 잃어버렸다면

너무 오래 찾아다니지 말 것

정영욱 〈잘했고 잘하고 있고 잘 될 것이다〉 중에서

스스로 잘난 척하는 것보다
더 외로운 것은 없다.

안중근 의사 〈안중근 안쏠로지〉 중에서

대화를 잘하려면
경청, 공감, 질문
이 세 가지를 잘해야 한다.

강원국 〈어른답게 말합시다〉 중에서

내가 끝까지 해낸 게 기적이 아니라
시작할 용기가 있었다는 게 기적이다.

세스 고딘 〈지금 당신의 차례가 온다면〉 중에서

우리가 하는 일에는 두 가지 판이 있다.
하나는 '식판'이고 다른 하나는 '평판'이다.
'식판'은 밥 벌어먹기 위해 어쩔 수 없는 일을 하는 것,
'평판'은 자신의 이름에 영향을 미칠 만큼 중요한 일이다.

유병욱 〈생각의 기쁨〉 중에서

원상복구는
상처가 아물고 몸이 나았다는 뜻이다.
그러나, 그보다 더 중요한 것은
자생력과 면역력이다.
상처를 스스로 낫게 힘을 키우면
그 힘만으로도 사람은 성장되니까.

최명기 〈트라우마 테라피〉 중에서

서툴러서 서두를 수 있다.
서투르다 해서 서두를 필요까지는 없는데
조급한 마음에 자꾸만 서두르다 보니
기다리면 익숙해질 수 있는 것도
자꾸 서툴러지는 것일 수 있다.

서미태 〈당신은 꽃이 아니어도 아름답다〉 중에서

인간관계는
'신중한 행동'과 '약한 관계'가 바탕이 되어야 한다.
따라서 상대에게 피해 주지 않고
자신도 상처받지 않으려면
적당히 거리를 두며 잘 지내는 '관계연습'이 필요하다.

박상미 〈관계에도 연습이 필요하다〉 중에서

종이 구기면

예술이 되기도 하지만

대부분 쓰레기가 되고 맙니다.

얼굴 구기면

위엄이 되기도 하지만

대부분 마음이 구겨지고 맙니다.

말을 구기면

채찍이 되기도 하지만

대부분 미래의 생활이 구겨지고 맙니다.

생각을 구기면

잠시 다른 각도를 볼 수 있지만

대부분 인간관계가 구겨지고 맙니다.

김옥춘 〈구기지 말고 펴라〉 중에서

자신보다 더 좋은 멘토는 세상에 없지요.
누가 어떤 말을 해주어도
그걸 자기 것으로 만들어 해석하는 건
자기 자신일 테니까요.

이동영 〈당신에겐 당신이 있다〉 중에서

타인의 의견은 적당히 이용해야 한다.
선택의 이유가 타인에게서 나온다면
책임에 대해서도 남 탓만 하고 사는
반쪽뿐인 삶이 되기 때문이다.

정영욱 〈나를 사랑하는 연습〉 중에서

니가 내 취미였나 봐.
너 하나 잃어버리니까
모든 일에 흥미가 없다.
뭐 하나 재미난 일이 없어.

원태연 〈그런 사람 또 없습니다〉 중에서

동에서 묻고

서에서 답한다.

동에서 묻는 바람은 부모의 마음

서에서 답하는 바람은 자식의 마음

부모의 마음은 무한한 사랑

자식의 마음은 이기적 사랑

바람은 언제나

동에서 서로 분다.

동에서 애절하게 묻고

서에서 건성건성 답한다.

이종화 〈동문서답〉 중에서

누군가와 가까워지고 싶다면

좋은 사람이 되기 이전에

부담스럽거나 불편한 사람이 되지 않도록 할 것

그 선을 잘 지키지 못하면

예정보다 이르게 외로워질 수 있다.

달밑 〈모두를 이해하지 않아도 다 껴안을 필요도〉 중에서

처음으로 쇠가 만들어졌을 때

세상의 모든 나무들이 두려움에 떨었다.

그러나, 어느 생각 깊은 나무가 말했다.

"두려워할 것 없다.

우리들이 자루가 되어주지 않는 한

쇠는 결코 우리를 해칠 수 없는 법이다."

신영복 〈나무야 나무야〉 중에서

소유물이 적을수록

삶은 단순해지며

마음도 평온해진다.

주기적인 '비움'의 작업을 통해

공간에도, 정신에도 여유를 선물하라.

손힘찬 〈나는 나답게 살기로 했다〉 중에서

상대를 배려하는 것만큼 중요한 것은

나 자신을 배려하는 것이다.

진정한 휴식은 나를 배려하는 일이며,

다시 불타오를 수 있도록 불길을 내는 것이다.

구가야 아키라 〈최고의 휴식〉 중에서

포스란 행동을 이끌어 내고

좌우하는 생각 습관이다.

부정적 포스는

장애물에만 집중하게 하는 힘이고

긍정적 포스는

모든 기회를 볼 수 있게 하는 힘이다.

마이크 베이어 〈ONE DECISION〉 중에서

안부, 짧은 물음 하나가

힘겨웠던 하루를

깨끗이 지워주기도 한다.

누구에게나

사소한 그 한마디가 필요하다.

손수현 〈누구에게나 그런 날〉 중에서

이 글 보면

잠시만 전화해 주라.

5분만 목소리 들으면 좋겠다.

얼굴 보면 더 좋겠네.

도착하기 5분 전에 말만 해

된장찌개 맛있게 끓여 놓을게.

그러니까

딱 5분만 엄마한테 주라.

미안해.

2021. 시민 공모작 〈엄마가〉 중에서

사람의 마음은 ‘시소’와 같아서
한쪽의 마음이 너무 커져버리면
시소가 기울어지게 되고
반대쪽은 상대를 내려다보게 된다.
그리고
올려진 쪽은 상대를 내려다보며
안심하게 되고, 방심하게 된다.
하지만
언제든 마음만 먹으면
내려버릴 수 있는 쪽은
발이 땅에 닿아 있는 사람이다.
인간관계에서
영원한 승자는 없다.

성영숙 〈행복한 동행〉 중에서

살다 보면 흔히 저지르게 되는
두 가지 실수가 있습니다.
첫째는 아예 시작도 하지 않는 것이고
둘째는 끝까지 하지 않는 것입니다.

파울로 코엘료 〈마법의 순간〉 중에서

내 마음의 깊이는

다른 사람이 던지는 말을 통해 알 수 있다.

내 마음이 깊으면

그 말이 들어오는 데 시간이 오래 걸린다.

그리고, 깊은 울림과 여운이 있다.

누군가의 말 한마디에

아직도 흥분하고 흔들린다면

아직도 내 마음이 얕기 때문이다.

조신영 〈쿠션〉 중에서

버리고 비우기의 최고 경지는

욕심과 집착을 내려놓는 것

물건도, 기억도 잘 못 버리는 건

결국 욕심이고 집착이다.

비워야 할 것들은 물건만이 아닌 것이다.

야마구치 세이코 〈버리고 비웠더니 행복이 찾아왔다〉 중에서

글은 여백 위에만 남겨지는 게 아니다.

머리와 가슴에도 새겨진다.

때론, 단출한 문장 한 줄이

상처를 보듬고 삶의 허기를 달래기도 한다.

이기주 〈언어의 온도〉 중에서

앎이

머리에 소장되어 있을 때는 지식이고

앎이

가슴으로 내려오면 지성이다.

그리고

지성이 사랑에 의해 발효되면 지혜가 된다.

이외수 〈절대강자〉 중에서

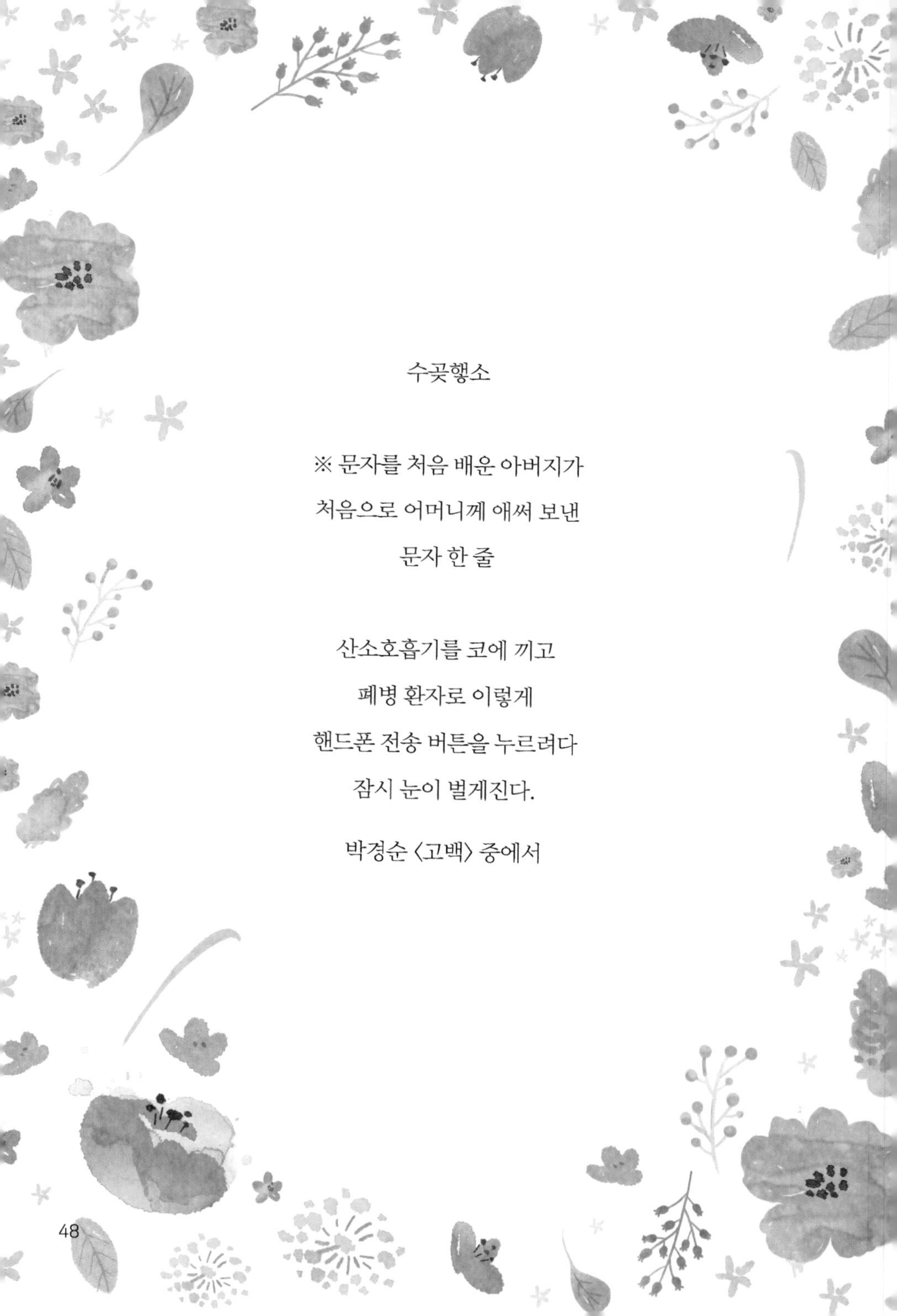

수곶핼소

※ 문자를 처음 배운 아버지가

처음으로 어머니께 애써 보낸

문자 한 줄

산소호흡기를 코에 끼고

폐병 환자로 이렇게

핸드폰 전송 버튼을 누르려다

잠시 눈이 벌게진다.

박경순 〈고백〉 중에서

아무리 잘 보이려고 애써도

나를 미워하고 싫어하는

사람은 반드시 있게 마련이니

미움받는 것을 두려워해서는 안 된다.

그 누구도 거울 속의 내 얼굴을

나만큼 오래 들여다보지 않기 때문이다.

고가 후미타케 〈미움받을 용기 I〉 중에서

아이의 잘못을 혼낸 뒤

끌어안아 다독이는 부모처럼

반성이 끝나면 반드시

자신의 마음을 안아주자.

내 마음에는

내가 숨 쉴 장소가 있어야 한다.

나의 내면을 나에게 안전한 공간으로

만들어야 하기 때문이다.

지민석 〈누구에게도 상처받을 필요는 없다〉 중에서

삶 속에서 우리는
언제나 나를 최우선에 두어야 한다.
내가 나로서 살아 있어야
주변 사람들을 돌아볼 여유가 생기고
내 인연들의 존재 이유가 생기는 것이다.
나를 희생하는 것과
나를 잃는 것은 다르다.
언제나 감당할 수 있는 선에서
내가 무너지거나 상처 입지 않는 선에서
남에게 베풀어야 의미가 있다.

김재식 〈나로서 충분히 괜찮은 사람〉 중에서

세상을 살아가면서 만나는 사람들은
모두 다른 장르의 책이다.
각자에게 주어진 인생의 작가로서
이야기를 써 내려가고 있는 것이다.
책 한 권을 읽는다는 것은
그 사람을 읽는다는 것이고
이해하기 위해 노력한다는 뜻이다.
책과 사람
공통된 의미를 지닌 위대한 스승이다.

전승환 〈나에게 고맙다〉 중에서

자존감은 스스로 체크해야 하는데,
자존감이 낮으면 2가지 모습으로 행동한다.
다른 사람에게 지나치게 기대거나
아무도 일정한 거리 이상 다가오지 못하게
혼자가 되려고 하거나.

글배우 〈지쳤거나 좋아하는 게 없거나〉 중에서

좋아하는 일만 하면서 살 수 없다는
'어른스러운' 조언이 들려올 때
늘 잘하는 일만 하면서 살 수도 없다는
주문을 외워야 한다.
왜냐하면 그것이 행복한 사람들이
삶을 살아가는 비결이기 때문이다.

최인철 〈굿 라이프〉 중에서

진짜 복수 같은 걸 하고 싶다면
그들보다 나은 인간이 되거라.
분노 말고 실력으로 대갚음해 줘.
네가 바뀌지 않으면 아무것도 바뀌지 않는다.

〈낭만닥터 시즌 2〉 김 사부 대사 중에서

내가 더 가는 것

내가 더 주는 것

내가 더 하는 것

결국

내가 더 아파하는 것

그러나, 내가 더 기쁜 것

이근자 〈배려〉 중에서

오늘 하루

사소한 것에 경쟁하지 마세요.

사소한 것에 집착하지 마세요.

김수민 〈너에게 하고 싶은 말〉 중에서

우리를 성장시키는 인생의 사건들은

무척이나 소중합니다.

아픈 마음도 그중 하나입니다.

바닥까지 내려가 본 사람들이

그렇지 않은 사람들보다

훨씬 더 매력적인 것도 바로 그 때문입니다.

마리 루티 〈하버드 사랑학 수업〉 중에서

인간의 마음에서 일어나는 것 중
그냥 일어나는 것은 단 하나도 없다.
만일 어떤 것이
이유도 모른 채 자기 삶 안에서
자꾸만 반복해서 일어난다면
그것은 자신이 반드시
의식해야만 하는 내면세계의 메시지다.

한성열 〈이제는 나로 살아야 한다〉 중에서

총구를 고정시키는 일은 언제나 불가능했다.
총구를 쥔 자가 살아 있는 인간이므로
총구는 늘 흔들렸다.

김훈 〈하얼빈〉 중에서

사람은 자신이 아는 것밖에 들을 수 없다.
그래서 누구나 내 기준에서 생각하고
타인을 수용한다.
상대의 말을 해석해서 듣는 연습을
하지 않으면 상대의 의도와는 다르게
해석되어 마음이 지옥이 될 수 있다.

박상미 〈관계에도 연습이 필요하다〉 중에서

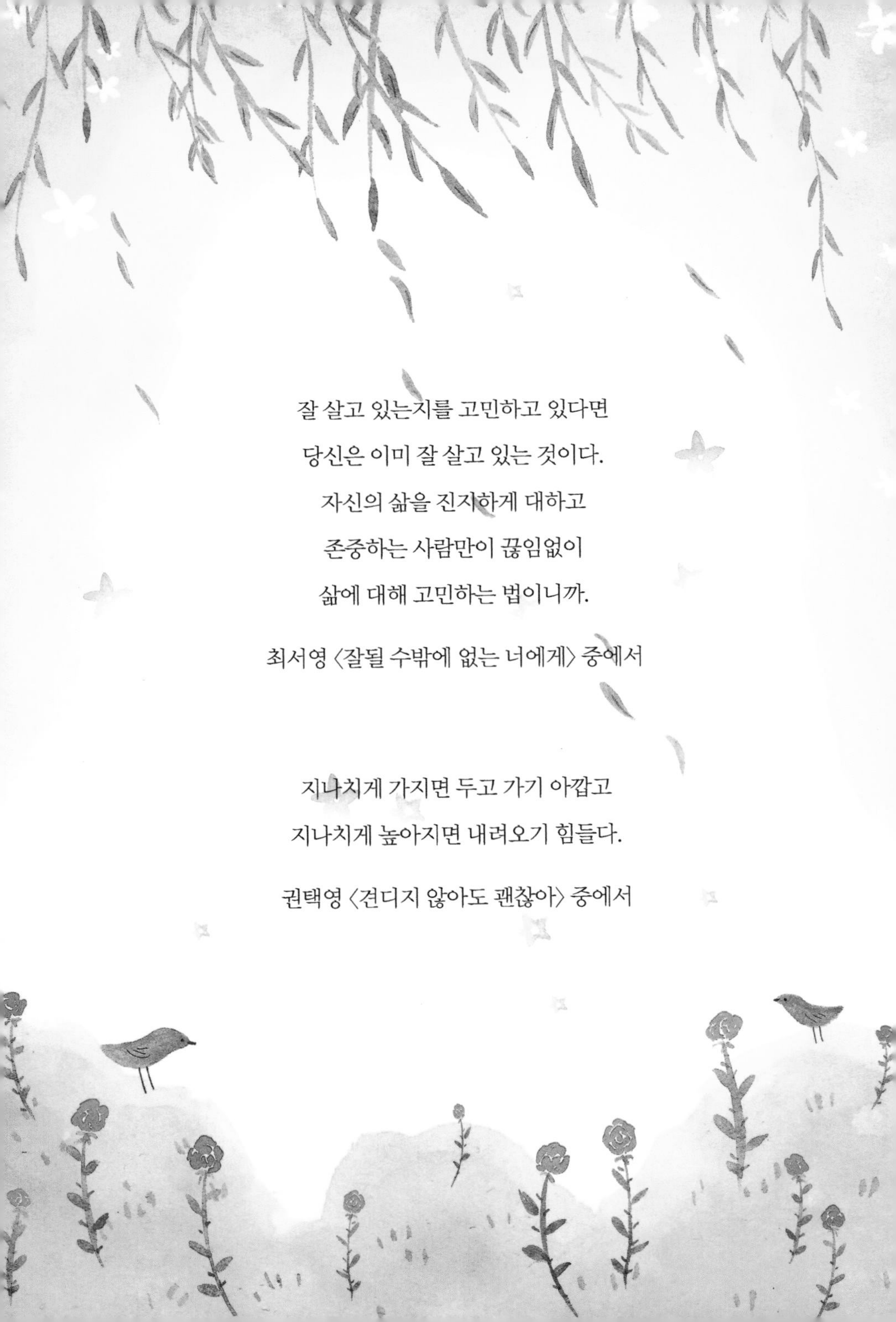

잘 살고 있는지를 고민하고 있다면
당신은 이미 잘 살고 있는 것이다.
자신의 삶을 진지하게 대하고
존중하는 사람만이 끊임없이
삶에 대해 고민하는 법이니까.

최서영 〈잘될 수밖에 없는 너에게〉 중에서

지나치게 가지면 두고 가기 아깝고
지나치게 높아지면 내려오기 힘들다.

권택영 〈견디지 않아도 괜찮아〉 중에서

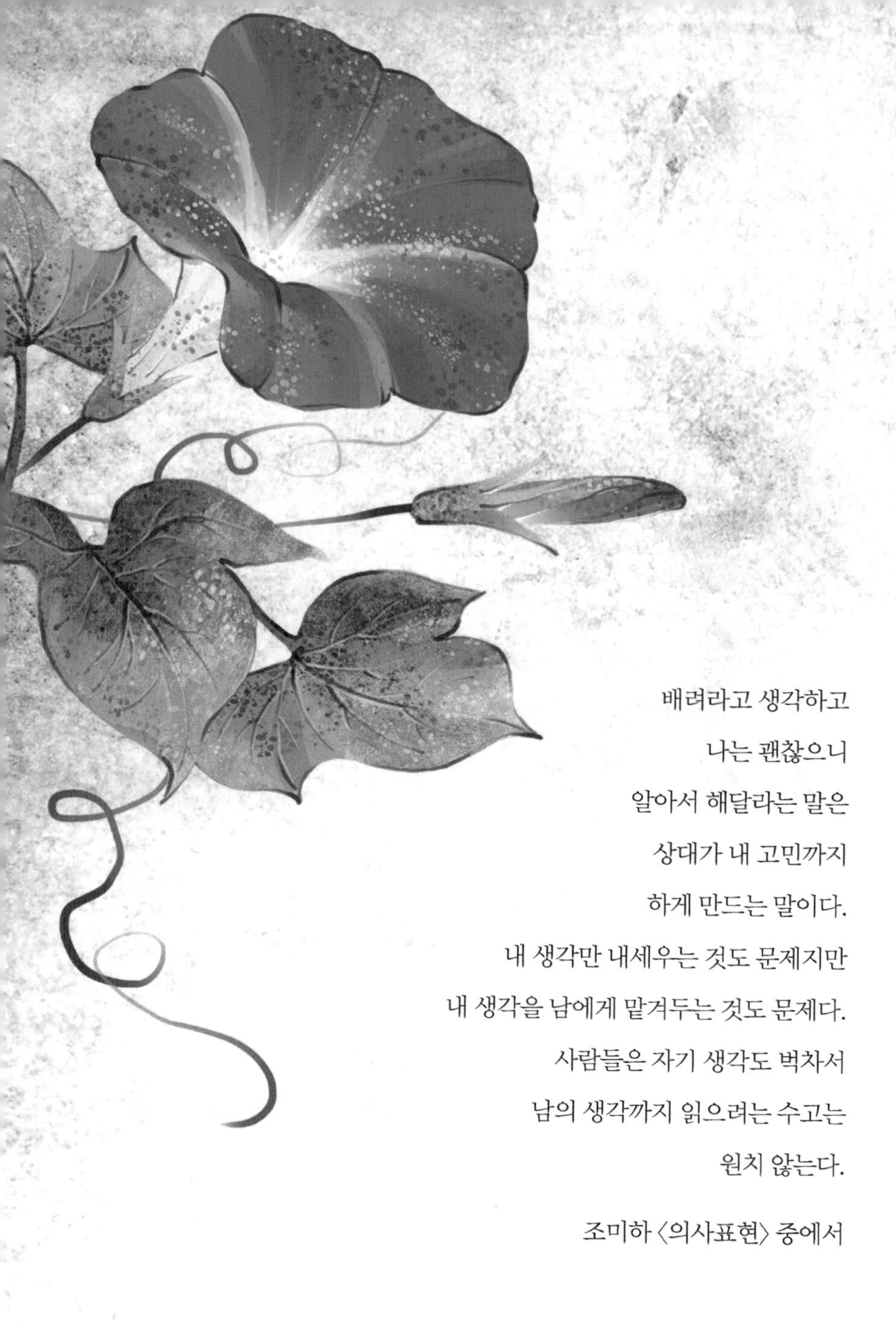

배려라고 생각하고
나는 괜찮으니
알아서 해달라는 말은
상대가 내 고민까지
하게 만드는 말이다.
내 생각만 내세우는 것도 문제지만
내 생각을 남에게 맡겨두는 것도 문제다.
사람들은 자기 생각도 벅차서
남의 생각까지 읽으려는 수고는
원치 않는다.

조미하 〈의사표현〉 중에서

처음의 마음으로 돌아가라 하지만
가는 길 좀 가르쳐 주었으면 좋겠다.
비어 있는 것을 알차다고 하지만
그런 말을 하는 사람일수록 어쩐지 복잡하다.
살아갈수록 알 수 없는 일이 늘어만 간다.

문정희 〈길 물어보기〉 중에서

누군가는 세상의 가능성을 보고
누군가는 세상의 부조리를 본다.
누군가는 이미 미래에 살고 있고
누군가는 여전히 과거에 살고 있다.
누군가는 자신의 삶을 살고
누군가는 다른 사람의 인생을 산다.
부의 양극화와 더불어 사고의 양극화도
무섭게 진행 중이다.

부아 C 〈부의 통찰〉 중에서

인생의 가장 중대한 법칙 가운데 하나는
무슨 일에든 남들은
나와 다른 생각을 한다는 것이다.

이서정 〈이기는 대화〉 중에서

건강한 자존감을 가진 사람은

타인에게 당당하고 친절합니다.

타인의 인정에 연연하지 않고

자신의 길을 걸어갑니다.

도연 〈반창고〉 중에서

바람 한 점 없는 날에도

깃털은 흔들린다

날고 싶어서

바람 한 점 없는 날에도

공깃돌은 흔들린다

구르고 싶어서

바람 한 점 없는 날에도

내 마음은 흔들린다

살고 싶어서

이어령 〈눈물 한 방울〉 중에서

지금 정말 힘든 이 순간을

포기하지 않고 잘 버텨내고 있다는 것과

지금처럼 버티다 보면 이 순간이

어느새 다 지나가 있을 거라는 것

그리고 당신은

당신이 생각하는 것보다 훨씬 강하다는 것

글배우 〈지쳤거나 좋아하는 게 없거나〉 중에서

말의 농도가 비슷한 사람이 좋다.

이 정도의 말은

서로서로 웃을 수 있는 농담조이고

이 정도의 말은

상대방이 아파하겠구나 하는

감의 정도가 비슷한 사람.

안시내 〈어디에나 있고 어디에도 없는〉 중에서

돈을 주고 입학을 하는 학교에 입학하기 위해서도

상당한 노력을 기울였는데

돈을 받고 일을 하는 회사에 들어가기 위해서는

그보다 더 많은 노력을 해야 하는 것이다.

김경옥 〈커리어 독립플랜〉 중에서

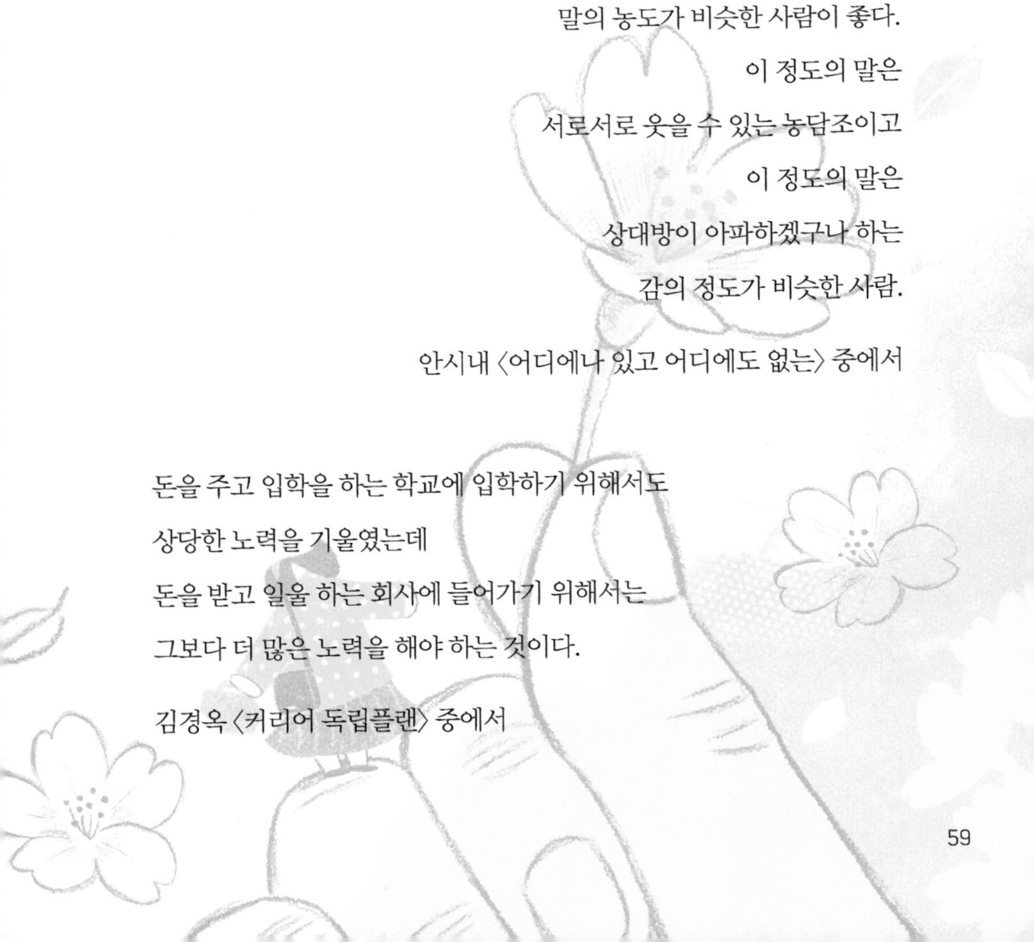

세상의 모든 감동은 진정성이 만든다.

진정성이란

작은 일에도 최선을 다하는 마음이다.

맹수는 작은 사냥감을 잡는 일에도 목숨을 건다.

진정성은 속이지 않는 마음이다.

남을 속이지 않으면 내가 속을 일도 없다.

정직하게 진심을 다하는 사람이

세상에서 가장 무섭다.

김우정 〈기획자의 생각식당〉 중에서

우리에게 필요한 건

우리를 증명할 명함이 아니라

누구에게도 증명할 필요 없는

'나' 자신이 되는 것이다.

김수현 〈나는 나로 살기로 했다〉 중에서

자신을 위한 3가지 약속

신경 쓸 수 있을 만큼의 관계를 맺고

책임질 수 있을 만큼의 일들을 하며

감당할 수 있는 만큼의 욕심을 내자.

김재식 〈나로서 충분히 괜찮은 사람〉 중에서

길을 모르면 물으면 될 것이고
길을 잃으면 잠시 헤매면 그만이다.
중요한 것은 나의 목적지가 어디인지
늘 잊지 않는 마음가짐이다.

박혜영 〈히피의 여행바이러스〉 중에서

오래 혼자였다고 하면
사람으로 인해 마음의 문을 닫고 지냈다는 거고
혼자인 것 같다고 하면
사람 때문에 마음이 다쳤다는 뜻이며
혼자 있고 싶다고 한다면
나를 둘러싼 모든 관계에서 지쳤다는 말이다.

최태정 〈잘못한 게 아니야 잘 몰랐던 거야〉 중에서

'모녀' 관계는 서로 아주 잘 알거나
타인보다도 더 모르거나 둘 중 하나다
'부자' 관계도 마찬가지
눈빛만 봐도 이해가 되거나
타인보다도 이해가 안 되는 관계로 둘 중 하나다.

신경숙 〈엄마를 부탁해〉 중에서

어쩌면
우리가 믿는 경험으로 인한 기준은
사실이 아닐 수가 있어요.
가끔은
그 기준에서 벗어나 어떤 상황이든
받아들이겠다는 자세를 취해 보세요.
더 큰 가능성이 열릴 거예요.

용싸부 〈하루 힐링〉 중에서

진정한 실패는 결과가 안 좋은 것이 아니라
실패에서 배운 것이 없다는 것입니다.

신문곤 〈생각을 뒤집으면 인생이 즐겁다〉 중에서

괜찮아?
네 잘못이 아니야
조금 늦어도 괜찮아
수고했어 오늘도
이미 넌 충분해
이 모든 말들은 나에게 먼저 해주었어야 했다.

전승환 〈나에게 고맙다〉 중에서

가질 수 있어도

갖지 않는 것이

정말로 갖지 않는 것이다.

나태주 〈시간의 쉼표〉 중에서

남의 잘못을 내가 지적해 준다고

그 사람의 행동이 변화할 것이라

기대하지 마세요.

상대는 상처만 받고 변화가 오기 힘들어요.

정말로 변화하게 만들고 싶으면

잘하는 부분을 칭찬해 주세요.

잘하는 것을 발달시켜

잘못하는 것을 덮는 수가 더 빨라요.

혜민 〈완벽하지 않은 것들에 대한 사랑〉 중에서

꽃처럼 사람도 활짝 피어나는 시기가 있다.
중요한 것은 활짝 필 수 있도록 '꽃필 날'을 위해
세심한 준비를 해야 한다는 것이다.

한비야 〈그건 사랑이었네〉 중에서

사람은 참 이기적이다.
왜 서운한지, 왜 화가 났는지
왜 태도가 변했는지에 대해
한마디 말도 하지 않으면서
알아주기를 바란다.
그리고 혼자 멀어진다.

신준모 〈어떤 하루〉 중에서

사람들은 직장을 떠나는 것이 아니다.
사람을 떠나는 것이다.

로잔 토머스 〈태도의 품격〉 중에서

사람이 길을 가다 보면

버스를 놓칠 때가 있단다

잘못한 일도 없이

버스를 놓치듯

힘든 일 당할 때가 있단다

그럴 때마다 아이야

잊지 말아라

다음에도 버스는 오고

그다음에 오는 버스가 때로는

더 좋을 수도 있다는 것을!

어떠한 경우라도 아이야

너 자신을 사랑하고

이 세상에서 가장 귀한 것이

너 자신임을 잊지 말아라

나태주 〈마음이 살짝 기운다〉 중에서

세상에서 당신은

한 사람일 뿐일지 몰라도

누군가 한 사람에게

당신은 세상일 수도 있습니다.

자신을 소중하고 귀하게 여기세요.

김창옥 〈당신은 아무 일 없었던 사람보다 강합니다〉 중에서

모든 것은

시간이 해결해 주는 것이 아니다.

지나온 시간만큼 자란 내가

결국 매듭을 짓는 것이다.

이동영 〈문장의 위로〉 중에서

나를 욕했을 때

울컥하고 올라오는 그 마음이나

나를 칭찬했을 때

헤헤거리는 그 마음은

사실 둘이 아닙니다.

사람들의 스치는 칭찬이나 비난에

동요하지 않으면 고요함을 갖게 됩니다.

법정 〈스스로 행복하라〉 중에서

말이 많은 사람들이 무엇인가 열심히 찾고 있으나

침묵 속에 머무는 사람들만이 그것을 발견한다.

말이 많은 사람은 누구를 막론하고

그 어떤 일을 하는 사람이든 간에

그 내부는 비어있다.

최은영 〈내게 무해한 사람〉 중에서

대답하지 않는 것도 대답이다.

선택하지 않는 것도 선택이다.

이유 없음도 이유다.

할 말 없음도 대화이다.

황경신 〈생각이 나서〉 중에서

내가 잃어버린 것

내가 부족한 것

내가 위축된 것을 보는 대신

하찮은 것이라도

내가 가진 것에 집중하는 것

그게 행복의 비결이다.

손미나 〈내가 가는 길이 꽃길이다〉 중에서

자기가 어디로 가고 있는지

중심을 정확히 알고 있다면

그리고 바른길로 들어섰다는 확신만 있다면

남들이 뛰어가든 날아가든

한 발 한 발 앞으로 가면 되는 것이다.

한비야 〈어디로 가는지 목표만 있다면〉 중에서

"누구나 무엇을 팔면서 산다."

물건을 파는 세일즈맨뿐만이 아니라

세상 그 어떤 이도 매 순간

자신의 지식, 의술, 손재주, 예술적 끼, 감성

하물며 좋은 인상까지 팔고 있는 셈이다.

그러니 기왕이면 제대로 팔아라.

오그 만디노 〈위대한 상인의 비밀〉 중에서

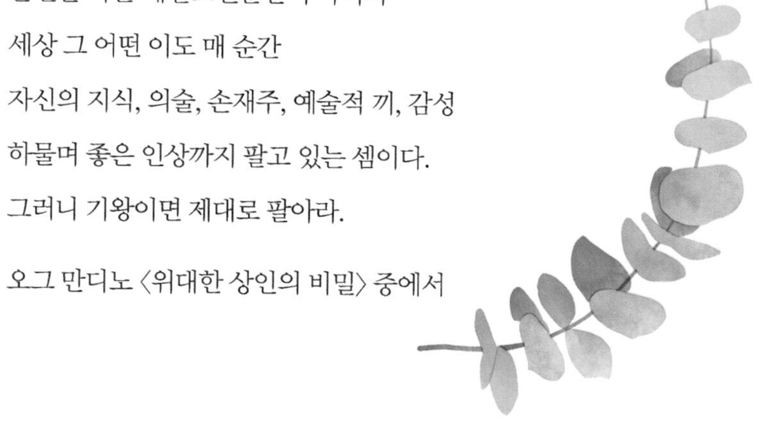

좋은 조건을 찾지 말고
내가 좋은 조건이 되는
사람이 되어 주자.
좋은 하루가 되길 바라지 말고
내가 좋은 하루를 만들자.
행복해지기를 바라지 말고
나 스스로 행복하자.

베른하르트 슐랭크 〈책 읽어주는 남자〉 중에서

편안한 관계를 위해선
내가 편안할 수 있을 만큼의 경계와
상대가 편안할 수 있는 만큼의 허용치가 필요하다.
어떤 관계든 일방적이면 깨지는 이유다.

김수현 〈애쓰지 않고 편안하게〉 중에서

좋은 관계를 유지하는 세 가지 전제가 있다.

하나, 이 사람은 내 마음을 모른다.

둘, 나는 이 사람을 바꿀 수 없다.

셋, 우리는 언제든 서로를 먼저 떠날 수 있다.

이동영 〈인간관계〉 중에서

직장에서의 인간관계는 적당한 거리가 필요하다.

일을 잘해서 인정해 주는 것과

친해서 잘해 주는 게 다르다는 걸 알아야 한다.

진정한 프로는 공사 구별의 중요성을

가장 먼저 인지해야 하기 때문이다.

김미경 〈이 한마디가 나를 살렸다〉 중에서

'자유'는 아무거나 마음대로 하는 것이 아니라
멈출 수 있어야, 혹은 그만둘 수 있어야 자유다.
멈출 수 있는 사람만이 자기 뜻대로 움직일 수 있고
관계를 단절할 수 있는 사람만이 자기 뜻대로
관계를 만들 수 있기 때문이다.

강신주 〈한 공기의 사랑, 아낌의 인문학〉 중에서

세상 모든 사물은 제 있을 자리가 다 정해져 있다.
간장 종지에 설렁탕을 담지 않고
설렁탕 뚝배기에 간장을 담지 않는다.
버섯이 아무리 고와도 화분에 기르지 않는 이치다.
사람도 정해진 자리를 잘 지킬 줄 알아야 한다.
자신의 자리를 소중히 지키려고 노력해야
좋은 부모, 친구, 상사, 동료, 이웃이 되는 것이다.

정호승 〈내 인생에 힘이 되어준 한마디〉 중에서

말을 아끼는 것이 가장 좋다.
우리가 하는 후회 중 가장 큰 후회는
그 말을 하지 말걸과
그렇게 말하지 말걸이기 때문이다.

글배우 〈지쳤거나 좋아하는 게 없거나〉 중에서

아무런 의욕이 없을 때가 있다.
배터리가 나간 핸드폰을 켜는 방법은
켜질 때까지 전원 버튼을 누르는 것이 아니라
충분한 충전뿐이다.
의욕을 살리려면 의욕을 내려놓아야 함이다.

글배우 〈아무것도 아닌 지금은 없다〉 중에서

필요에 의해서 물건을 갖게 되지만
그 물건 때문에 적잖이 마음을 쓰게 된다.
무엇인가를 갖는다는 건 얽매인다는 뜻이다.
좋아하는 물건일수록 집념과 집착이 생긴다.
크게 버리면 크게 얻을 수 있다.
물건으로 인해 마음을 상하고 있다면
한 번쯤 생각해 볼 의미이다.

법정 〈무소유〉 중에서

신에게 물었다.

인간에게 가장 놀라운 점이 무엇인가요?

신이 대답했다.

어린 시절이 지루하다고 서둘러 어른이 되는 것

그리고는 다시 어린 시절을 그리워하는 것

돈을 벌기 위해 건강을 잃어버리는 것

그리고, 건강을 되찾기 위해 돈을 다 잃는 것

미래를 염려하느라 현재를 놓쳐 버리는 것

그래서 결국은 현재에도 미래에도 살지 못하는 것

류시화 〈사랑하라 한 번도 상처받지 않은 것처럼〉 중에서

감사하는 마음을 지니게 되면

내부에 초점을 맞추던 성향이

외부로 초점을 맞추게 되고

세상이 그동안 자신에게 도움을

주었다는 점을 깨닫게 됩니다.

제니스 캐플런 〈감사하면 달라지는 것들〉 중에서

인생에서 가장 아름다웠던 계절은

봄도 여름도 가을도 겨울도 아닌

가장 나다웠던 계절이다.

글배우 〈아무것도 아닌 지금은 없다〉 중에서

대나무의 삶은 두꺼워지는 삶이 아니다.
어느 시기가 되면 더 이상 자라지도 않고
더 이상 두꺼워지지도 않는다.
다만, 단단해진다.

박웅현 〈책은 도끼다〉 중에서

행복의 척도는 필요한 것을
얼마나 많이 갖고 있는가에 있지 않다.
불필요한 것으로부터
얼마나 벗어나 있는가에 있다.

법정 〈산에는 꽃이 피네〉 중에서

식빵은
화려하지 않다.
요란하지 않다.
달콤하지 않다.
가장 무표정하고
무덤덤한 빵이 식빵이다.
그러나 누구보다 친구가 많다.

정철 〈사람사전〉 중에서

인생이 어떠해야 한다고 미리 결정하는
그 순간부터 새로운 것을 즐기고
배울 수 있는 기회는 점점 멀어진다.

리처드 칼슨 〈우리는 사소한 것에 목숨을 건다〉 중에서

여행은 내가 누구인지를
확인하기 위해서가 아니라
내가 누구인지를
잠시 잊어버리러 떠나는 것이다.

김영하 〈여행의 이유〉 중에서

이해가 안 되면 안 되는 채로
용서가 안 되면 안 되는 채로
가슴앓이하지 마세요.
그렇게 살아도 괜찮습니다.
그것이 당신의 감정에 대한 존중입니다.

오은영 〈화해〉 중에서

낡은 열쇠로도 문을 열 수 있다.
작은 날개로도 하늘을 날 수 있다.
풀피리로도 멋진 멜로디를 연주할 수 있고
몽당연필로도 아름다운 시를 쓸 수 있다.
당신이 갖고 있는 것만으로도 이미
훌륭한 일을 해내기 충분하다.

곰돌이 푸 〈행복한 일은 매일 있어〉 중에서

뽑으려 하면
모두 잡초였지만
품으려 하니
모두 꽃이었다.
나태주 <풀꽃> 중에서

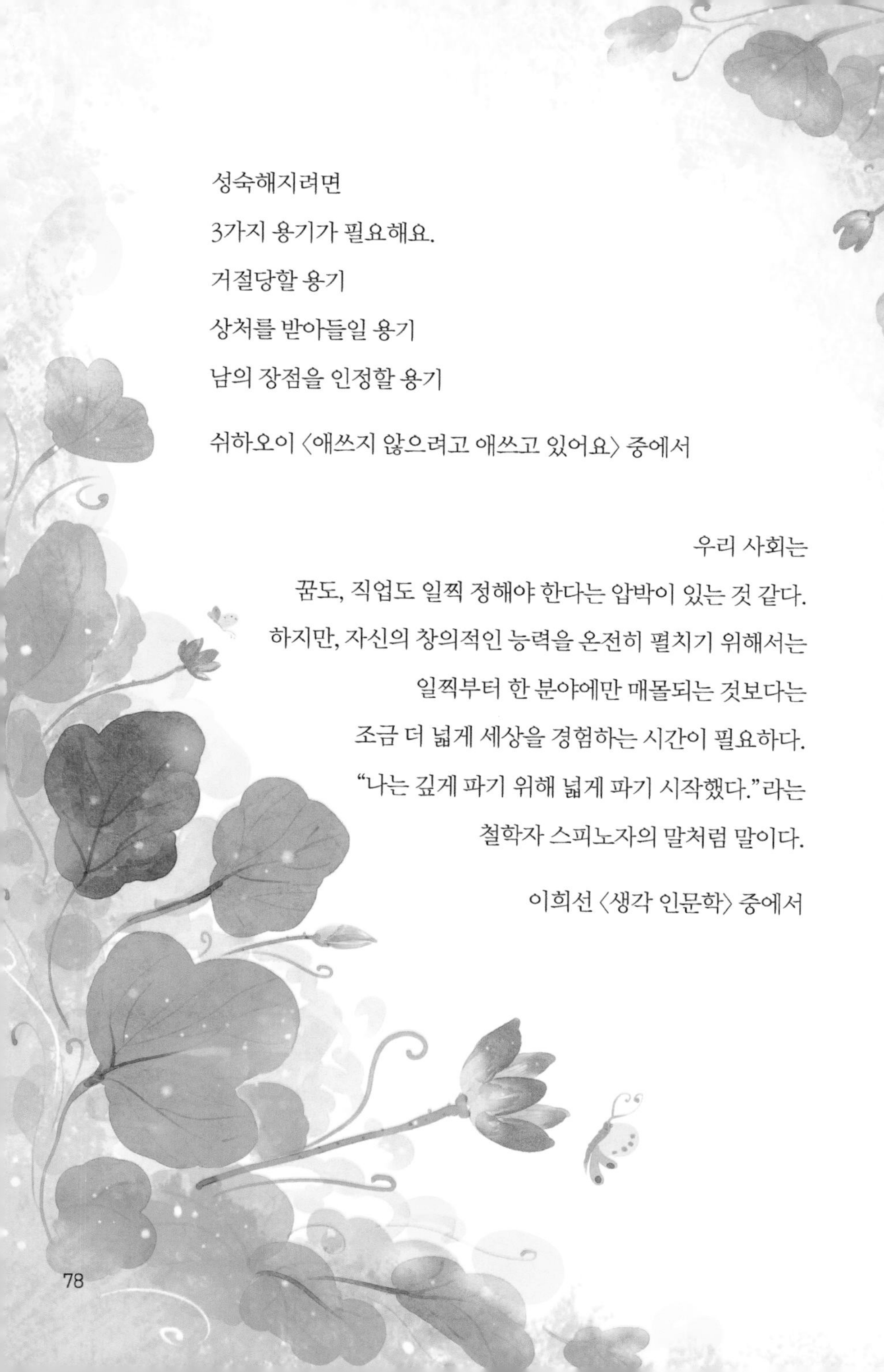

성숙해지려면

3가지 용기가 필요해요.

거절당할 용기

상처를 받아들일 용기

남의 장점을 인정할 용기

쉬하오이 〈애쓰지 않으려고 애쓰고 있어요〉 중에서

우리 사회는

꿈도, 직업도 일찍 정해야 한다는 압박이 있는 것 같다.

하지만, 자신의 창의적인 능력을 온전히 펼치기 위해서는

일찍부터 한 분야에만 매몰되는 것보다는

조금 더 넓게 세상을 경험하는 시간이 필요하다.

"나는 깊게 파기 위해 넓게 파기 시작했다."라는

철학자 스피노자의 말처럼 말이다.

이희선 〈생각 인문학〉 중에서

낮은 바람은 하늘의 높이를 알지 못한다.
잔물결은 바다의 깊이를 알지 못한다.
그래서 낮은 바람은 늘 잔물결하고 논다.
하늘 끝과 바다 끝을 논하며 논다.
그게 그들만의 리그인 거다.

권기복 〈한 컷의 인문학〉 중에서

즐거워도 하루, 슬퍼도 하루
날마다 주어진 시간은 한정되어 있는데
불쾌한 주변 사람을 신경 쓰는 데
감정을 소모하기보다는
즐거운 일에 집중하는 것이야말로
에너지의 소실을 막는 지름길이다.

장샤오헝 〈세상에서 가장 쉬운 감정 수업〉 중에서

미래를 향한 희망을 품되
그로 인해 현재를 무의미하게 보내지 말 것
관계를 지키되 그로 인해 자신을 망가뜨리지 말 것
'선'을 지키지 않으면
행복하기 위해 했던 모든 일들이
거꾸로 나를 불행하게 만들 수 있다.

정한경 〈안녕 소중한 사람〉 중에서

공부를 많이 하면 공부가 늘고

운동을 많이 하면 운동이 늘고

요리를 많이 하면 요리가 늘듯

무언가를 하면 할수록 늘게 된다.

그러니 걱정하지 마라.

더 이상 걱정이 늘지 않게.

글배우 〈지쳤거나 좋아하는 게 없거나〉 중에서

화가 난다고 해서

무작정 화를 발산하지 말고

화가 날 때면 재빨리

"이게 과연 이렇게 화낼 일인가?" 하고

스스로 돌아볼 필요가 있다.

분노의 이면에 감춰진

진실을 보려는 시도만으로도

분노의 크기를 줄일 수 있기 때문이다.

한창욱 〈걱정이 많아서 걱정인 당신에게〉 중에서

내가 겪었던 크고 작은 사건들이 내 속에 들어와 나를 만들고

내가 만났던 수많은 사람이 내 속에 들어와 나를 만든다.

'나'라는 존재는 내가 맺어온 사회적 관계의 다른 이름이다.

신영복 〈관계〉 중에서

콩을 심으려면 세 개씩 심게
하나는 땅속 벌레의 몫
하나는 하늘을 나는 새의 몫
나머지 하나가 사람 몫이라네.

원경선 〈아름다운 농부 원경선 이야기〉 중에서

자존감이 낮다는 사실을 나타내는 표현으로
“내가 뭐라구….”라는 말보다 더한 것은 없다.
그 말부터 떠올리지 말아야 인생이 바뀐다.

브렌든 버처드 〈백만장자 메신저〉 중에서

갖고 있는 생각을 순순히 따르게 하는 것
하고 싶은 행동을 뜻대로 움직이게 하는 것
우리가 완벽하게 통제할 수 있는 그것은
오로지 ‘나’ 자신뿐이다.

조연심 〈나를 증명하라〉 중에서

타인이 나에게 기대하는 것은
나의 과제가 아닌 그 사람의 과제다.
때문에, 타인의 과제와 나의 과제를 혼동하지 않도록
삶을 ‘구분’하는 용기가 필요하다.

고가 후미타케 〈미움받을 용기 I〉 중에서

모~든 사람에게 사랑받으려 할 때

많~은 사람에게 인정받으려고 할 때

아무 말 하지 않아도

누군가 내 마음을 알아주길 바랄 때

그때가

마음이 외롭고 공허해지는 순간이다.

홍경자 〈의사소통의 심리학〉 중에서

세상에 사랑받을 만한 자격과 가치로만

똘똘 뭉쳐 있는 사람은 없다.

모든 면에서 완벽한 사람도 없다.

마찬가지로 아무 데도 쓸모없는 사람도 없다.

단지, 사랑스럽지 않다는, 쓸모가 없다는

착각을 믿고 있는 사람만 있을 뿐이다.

윤홍균 〈자존감 수업〉 중에서

말은 사람의 입에서 태어났다가

사람의 귀에서 죽는다.

하지만 어떤 말들은 죽지 않고

사람의 마음속으로 들어가 살아남는다.

박준 〈운다고 달라지는 일은 아무것도 없겠지만〉 중에서

나에게 상처 주는 사람을 계속 참아 주는 것
자신만 생각하는 사람을 계속 이해하는 것
말을 함부로 하는 사람을 계속 용서하는 것
불행을 자초하는 인간관계 3요소!

이태연 〈인간관계 심리학〉 중에서

지금 할 수 있는 일을 하고 나면
바로 다음에 해야 할 일을 생각해 낼 수 있다.
그렇게 하나하나 순서대로
고민은 해결해 나가야 하는 것이다.
고민을 해결하는 데 있어 지름길 같은 건 절대 없기에!

신준모 〈어떤 하루〉 중에서

태어나기 전에 인간에게

최소한 열 달을 준비하게 했던 신은

죽을 때는 아무 준비도 시키지 않는다.

삶 전체가 죽음에 대한 준비라는 의미다.

근사한 죽음을 생각하는 인간은

분명 어떻게 살 것인가를 안다는 뜻이다.

공지영 〈높고 푸른 사다리〉 중에서

무리 속에 있다 보면 자신의 힘과 무리의 힘을 혼동할 수 있다.

그래서 무리의 힘을 나의 힘으로 착각하여 유세를 떨기도 한다.

힘 있는 사람은 무리 지어 다니지 않는다.

다만, 무리를 거느릴 뿐이다.

센다 다쿠야 〈혼자 있어야 시작할 수 있다〉 중에서

“당신같이 똑똑한 사람이 왜, 어째서

그런 걸 견디고 살았는지 이해가 가지 않아요.”

“원래 그런 거예요. 사람은 학대를 받으면 바보가 되거든요”

이석원 〈언제 들어도 좋은 말〉 중에서

사람은 타인의 마음을 알 수 없다.
설부른 행동으로 관계를 망치지 않으려면
남의 마음을 자기 맘대로 판단하는 것을
즉시 멈춰야 한다.
상대의 마음을 알 수 있다고 생각하는 건
엄청난 착각이다.

최영환 〈책속의 처방전 200〉 중에서

높은 신발을 신는다고
그 사람 자체가 커지는 것은 아니다.
오히려 그것으로 인해 쉽게 넘어질 수 있다.
사람 관계가 그렇다.
내가 더 커 보이려고 애쓰는 만큼
관계가 무너져 어긋나고 만다.

정영욱 〈나를 사랑하는 연습〉 중에서

종이를 반으로 접어보세요.
접힌 자국이 남습니다.
사람의 마음도 그렇습니다.
접었다 펴보면
보이지 않지만 상처가 남아요.
마음의 상처는
그 사람에겐 평생 트라우마로
고통일 수 있습니다.
상대에게 상처를 주는 말
삼켜야 하는 이유입니다.

김수민 〈너에게 하고 싶은 말〉 중에서

달을 보라는데 가리키는 손가락만 본다고 탓하지 마라.

손가락이 가리키는 방향을 정확하게 읽지 않으면

달이 아니라 별을 보게 될 수도 있다.

때로는

달이라는 목표보다 손가락이라는 방향이 더 중요할 수 있다.

아사노 고지 〈더 팀 The Team〉 중에서

이 세상에 나쁜 감정은 없다.

다만, 감정을 표현하는 방법에

문제가 있을 뿐이다.

분노 또한

당연하고 필요한 감정이다.

화를 내는 것보다

화를 눌렀다가 엉뚱하게 표출하는 것이

더욱 미성숙한 일임을 알아야 한다.

그러니, 화가 지나치게 불어나지 않도록

제때에 강도를 선택하여

알맞은 방식으로 화를 내자.

김영아 〈내 마음을 읽어주는 그림책〉 중에서

마음의 평정을 찾으면
바깥세상에서 어떤 일이 벌어지든,
남들이 나를 어떻게 평가하든,
지구상 어디에 있든,
진정한 행복 안에서 살아갈 수 있다.

손미나 〈어느 날 마음이 불행하다고 말했다〉 중에서

원하는 것, 좋아하는 것을 구체적으로 명확히 알아야
원하지 않는 것, 불필요한 것을 삶에서 제거할 수 있다.
진정 원하는 것만 하다 보면, 비로소 삶이 간소해진다.

김은미 〈마음이 머무는 페이지를 만났습니다〉 중에서

자존감은
내가 얼마나 마음에 드는가에 대한 답이다.
그러기 위해선 타인의 평가가 아닌
자신의 평가에 집중해야 한다.

윤홍균 〈자존감 수업〉 중에서

아 다르고 어 다른 걸

아는 사람은

나 다르고 너 다른 것도

알 게 마련이다.

반대로

나 다르고 너 다른 걸

모르는 사람은

아 다르고 어 다른 것도

모르는 바보가 대부분이다.

박철우 〈조금 다르게 살아도 괜찮아〉 중에서

자신이 하는 일을 좋아한다는 건

하루의 대부분을 견디거나

버티지 않고 살아가도 된다는 의미니

아주 큰 행운인 셈이다.

박산호 〈어른에게도 어른이 필요하다〉 중에서

웃을 수 없는 말을 하며 웃지 않자
그제야 농담이라고 한다.
상대가 기분이 좋지 않다면
농담이라고 할 게 아니라
미안하다고 해야 하는 것이다.

자기의 오래된 이야기를 하며
나를 위한 조언이라고 말한다.
내가 원하는 건
당신의 이야기를 듣는 게 아니라
내 이야기를 들어 달라는 것이다.

김재식 〈좋은 사람에게만 좋은 사람이면 돼〉 중에서

부모가 나를 어떻게 보느냐보다

내가 나를 어떻게 생각하느냐를

더 중요하게 여겨야 합니다.

이것이 진정한 독립입니다.

오은영 〈화해〉 중에서

불안은 대부분 지나가지만

그 가운데 일부는

시간이 지날수록 점점 커진다.

그 이유는 돋보기를 들이대고

계속 들여다보고 있기 때문이다.

한창욱 〈걱정이 많아서 걱정인 당신에게〉 중에서

양보란 전체를 주는 것이 아닙니다.
어느 작은 한 부분을 내놓는 것입니다.
그 작은 한 부분을 지키려고
너무 애쓰지 마십시오.
그것을 지키려다 더 큰 것을 놓치고
그보다 훨씬 더 소중한
시간을 낭비할 수 있습니다.
작은 일은 아무리 부풀리고 시간이 지나도
역시 작은 일일 뿐입니다.

정용철 〈양보하는 이유〉 중에서

세상은 똑똑한 사람이 있어서
질서가 잡히는 것이 아니라
어른이 있을 때
질서가 잡히기 시작한다.
가정에서 회사에서
당신이 속한 공동체에서
어른이 되십시오.
아이에게 좋은 뒷모습을
보여주는 어른이 되십시오.

김창옥 〈나는 당신을 봅니다〉 중에서

인간관계의 경계란

나를 지키는 기준이자

상대의 영역을 존중하는 '선'이다.

가까운 사이일수록 경계를 지켜야 하며

자신의 일과 타인의 일

자신의 생각과 타인의 생각

자신의 감정과 타인의 감정을

분리해서 봐야 하는 것이다.

변지영 〈내 마음을 읽는 시간〉 중에서

정상에 있을 땐 타인을 무시하지 말고

바닥에 있을 땐 나를 존중해야 한다.

슬럼프에 있을 땐 자신을 응원해야 하고

상황이 좋을 땐 타인을 응원할 수 있어야 한다.

아이얼원 〈그래도 좋은 날이 더 많을 거야〉 중에서

나는

친구들의 일기를 읽으면서

일기가 정말 좋다고 생각했다.

일기는 너무나도 인간적이고

선한 면을 가지고 있다.

누군가의 일기를 읽으면

그 사람을 완전히 미워하는 것이

불가능해진다는 점에서 말이다.

문보영 〈일기시대〉 중에서

꿀벌은 공기역학으로

날 수 없는 구조다.

날개는 작은데 몸이 커서

날아오를 수 없어야 한다.

중요한 건

꿀벌이 자신의 한계를

모른다는 것이다.

그래서 열심히 날갯짓을 했고,

결국은 잘 날게 된 것이다.

오현호 〈나는 길이 없는 곳으로 간다〉 중에서

천국에서는

경찰관이 영국인이고, 요리사는 프랑스인이며

기술자는 독일인이고, 연인은 이탈리아인인데

그 모든 조직을 관리하는 사람이 스위스인이다.

지옥에서는

요리사가 영국인이고, 기술자는 프랑스인이며

연인은 스위스인이고, 경찰관은 독일인인데

모든 조직을 이탈리아인이 관리한다.

롤프 브래드니히 〈위트 상식사전〉 중에서

사람들은

직선이 가깝고 안전하다고 한다.

곡선은 아름답고, 부드럽지만

다소 돌아가서 멀다고 생각한다.

그러나, 사람들은

직선과 같은 곧은길에서

종종, 길을 잃는다.

박방희 〈나무 다비〉 중에서

깨지기 전의 그릇은 아름답지만

깨진 그릇은 여지없이

칼날이 되어 나를 향한다.

모든 것은 품 안에 있을 때

소중히 여길 것

깨진 그릇에 손을 베이고 나서야 배운다.

박광수 〈참 서툰 사람들〉 중에서

떠나갈 사람은

남아 있는 사람을 위해

모진 척 싸늘하게

남아 있는 사람은

떠나갈 사람을 위해

아무렇지 않은 듯 덤덤하게

아니라고

죽어도 아니라고

목구멍까지 치미는 말

억지로 삼켜 가며

헤어지는 자리에서는

슬프도록 평범하게

원태연 〈착한 헤어짐〉 중에서

누군가 당신을 싫어한다고 해서

미워한다고 해서 변하는 건 없어요.

그건, 그 사람의 생각일 뿐

당신의 삶에 영향을 주지는 않으니까요.

거절이 필요한 순간을 외면하지 않는다면

우리는 벅찬 인간관계에서 자유로워질 수 있어요.

전승환 〈나에게 고맙다〉 중에서

살아가는 동안
자신이 밑바닥까지 떨어진 느낌이 들면
사람이 누워서 쉴 수 있는 곳은
천장이 아니라 바닥이기에
잠시 쉬었다
다시 가라는 뜻이라는 것을 떠올리고

누군가의 바닥은
누군가의 천장일 수도 있다는 것을
기억하면 된다.

양광모 〈바닥〉 중에서

이미 커진 걱정은
그 크기를 절대 줄일 수 없다.
그러나
걱정을 고민으로 바꿀 수는 있다.

생각은 한 번에 하나밖에 할 수 없기에
고민에 집중하면 걱정은 줄어든다.

고민은 해결하기 위함이고
걱정은 마음에서 오는 불안함이다.

글배우 〈아무것도 아닌 지금은 없다〉 중에서

초원에서는 그 어떤 동물도 혼자서는 살 수 없다.
우리 사회도 마찬가지다.
혼자 힘으로 역경을 헤쳐 나가기에는 한계가 있다.
사람에게도 크든 작든 끈끈한 관계가 필요하다.

이서희 〈어쩌면 동화는 어른을 위한 것〉 중에서

우리 집에서 가장 중요한 전등은
거실에 있는 커다란 샹들리에가 아니라
밤중에 자다가 일어났을 때
무언가에 발이 걸려 넘어지지 않기 위해
켜야 하는 작은 전등이다.
크기와 가치 사이에는 아무런 관계가 없다.

릭 워렌 〈목적이 이끄는 삶〉 중에서

두렵다는 건
무언가를 하고 싶다는 증거다.
그만큼 잘하고 싶다는 거니까.

이승희 〈별게 다 영감〉 중에서

젊었을 때는 관심이 최우선이었어.

사오십 대가 되니 관찰을 알겠더군.

늙어지니 관계가 남아.

관계가 생기려면 여러 대상을 한꺼번에

기웃거리면 안 돼.

이어령 〈마지막 수업〉 중에서

이유 없이 만나는 사람은 친구

이유가 없으면 만나지 않는 사람은 지인

이유를 만들어서라도 만나고 싶은 사람은 좋아하는 사람

히이라기 아오이 〈귀를 기울이면〉 중에서

사람과 사람이 만나는 일은
세계와 세계가 만나는 일이다.
그래서, 들여다볼 곳이 많은 사람이 좋다.
나눌 수 있는 것들이 많은 사람이 좋다.
그러나, 상대의 입장에서
내가 품은 세계는 면적이 얼마나 되는지도
한 번쯤 생각을 해 봐야 한다.

이석원 〈언제 들어도 좋은 말〉 중에서

차별을 의식적으로 인식하고
멈춰야 하는 이유는
약자를 배려하기 위해서만이 아닌
자신을 위해서이기도 하다.
차별이 일상이 된 사회에서는
상황에 따라서
내가 다음번 차별 대상이 된다.

류승연 〈배려의 말들〉 중에서

시간을 낭비한다는 건
시도했는데 잘 안되거나
실패한 게 아니다.
할 수 있는 일들을 하지 않고
바라만 본 것이다.

글배우 〈고민의 답〉 중에서

열정도 닳는다.

함부로 쓰다 보면

정말 써야 할 때 쓰지 못하게 된다.

언젠가 열정을 쏟을 일이 찾아올 테고

그때를 위해 열정을 아껴야 한다.

그러니

억지로 열정을 가지려 애쓰지 말자.

하완 〈하마터면 열심히 살 뻔했다〉 중에서

'실패한 나'

'실패했던 나'를

'실패도 해봤던 나'로 바꿔야 한다.

켈리 최 〈웰씽킹〉 중에서

혼자 있다는 것은

나와 함께 있다는 것입니다.

그 누구의 방해도 받지 않으면서

진짜 나와 만나서

온전히 집중한다는 것입니다.

때로는, 바빠서 무심하게 둔 자신과

깊은 교감을 위한 고립이 필요합니다.

도연 〈내 마음에 글로 붙이는 반창고〉 중에서

책을 한 권도 읽지 않은 사람보다

더 무서운 사람이

책을 한 권만 읽은 사람이다.

신념이 확고해서 자신이 믿는 것만이

정답이라고 단정 짓고

다른 정보는 일절 받아들이지 않는

'확증편향'에 빠질 수 있기 때문이다.

지민석 〈누구에게도 상처받을 필요는 없다〉 중에서

길을 가다 돌부리에 걸려 넘어졌다.

길을 가던 내가 잘못이냐

거기 있던 돌이 잘못이냐

좋은 경험으로 받아들이면

누구의 잘못도 아니다.

하지만,

같은 방식으로 넘어지기를 반복한다면

분명히 잘못은 당신에게 있다.

이외수 〈하악하악〉 중에서

불친절한 행동을 대수롭지 않게 여기면
크게 후회할 일로 돌아옵니다.
사람들은 자신에게 친절한 여러 사람보다
불친절한 한 사람을 오래 기억합니다.

도연 〈내 마음에 글로 붙이는 반창고〉 중에서

뜨거운 것과 차가운 것이 겹쳐지면
차가운 것에 열을 뺏겨서 차가워지고 만다.
차가운 사람은 접하고 싶지 않다.
열을 전달하는 데 저항을 느끼는 것이 아니라
나 자신이 '차가움'에
영향을 받고 싶지 않다는 말이다.

나가오카 겐메이 〈디자인하지 않는 디자이너〉 중에서

타인의 말을 귀담아듣지 않고
성급하게 자꾸 결정을 내린다면
세상 경험이 쌓여서
지혜로워진 것이 아니라
뇌가 나이를 먹어가고 있다는 증거다.
그토록 싫어했던 '아재'나 '꼰대'로
변신해가고 있는 중이다.

한창욱 〈걱정이 많아서 걱정인 당신에게〉 중에서

만약 글쓰기를 좋아한다면
당신은 이미 작가입니다.
노래 부르기를 좋아한다면
당신은 이미 가수이고,
그림 그리기를 좋아한다면
당신은 이미 화가입니다.
다른 사람이 인정하느냐 인정하지 않느냐는
나중의 문제입니다.
일단 중요한 것은 자신이 좋아하느냐입니다.

나카타니 아키히로 〈행복어 사전〉 중에서

'틀렸다.'라고 생각하는 것이 아니라
'나와 다르다.'라고 생각하는 순간
자신의 내면에 또 하나의 관점이 생긴다.
새로운 관점은 자신의 마음속에 있는
'근거 없는 부정'을
'긍정'으로 만드는 시발점이 된다.

박용후 〈관점을 디자인하라〉 중에서

이것을 주우려면 저것이

저것을 주우려면 또 이것이 떨어진다.

줍고 흘리고 줍고 하며 걸어간다.

한참을 이런 동작으로 걷고 있었지만

몇 발자국 움직이지 못했다.

욕심과 집착은 나를 지치게 했다.

이어령 〈우물을 파는 사람〉 중에서

마음이 약해지면

평소에 지나쳤던 것을

자세히도 느끼게 된다.

그래서 마음이 약해지면

이것저것

더 슬퍼질 일이 많아진다.

이것저것

찾아내서 슬퍼진다.

원태연 〈미련한 결과〉 중에서

아직 일어나지 않은 미래의 일을 걱정하는 것.

이미 지나가 버린 과거의 일을 후회하는 것.

그런 생각들에 사로잡혀서

제대로 대처하거나 준비하지 못한 자신을 자책하는 것.

이 모든 게 정신력을 소모하는 일이다.

김다슬 〈기분을 관리하면 인생이 관리된다〉 중에서

생의 어느 날,

사람에게 받은 상처를

용서하기 힘들 때

아버지

당신에게 받은 용서 하나 갚겠습니다.

어머니

당신에게 받은 용서 하나 갚겠습니다.

친구여

그대에게 받은 용서 하나 갚겠습니다.

양광모 〈양광모 대표시 101〉 중에서

자긍심의 원천은
자신으로부터의 인정이다.
자신으로부터 인정을 받기 때문에
다른 사람의 인정에 목을 맬 이유가 없다.
자신이 '갑'인지 '을'인지도 중요하지 않다.
스스로 만족하면 되는 것이다.

한성열 〈이제는 나로 살아야 한다〉 중에서

사람을 대할 때는 불을 대하듯 하라
다가갈 때는 타지 않을 정도로
멀어질 때는 얼지 않을 정도로

박상미 〈관계에도 연습이 필요하다〉 중에서

삐걱거림도

바로서기 위한 외침이더라.

균형이 맞으면 소리가 나지 않더라.

바로 선 것은 삐걱거리지 않더라.

흔들림도 넘어지지 않기 위한 몸부림이더라.

돛단배도 잔잔한 물결 위에서는 평온하더라.

바로선 것은 흔들리지 않더라.

최상만 〈바로서기〉 중에서

만남에는 세 가지가 있다.

어떤 스승을 만났는가?

어떤 친구와 같이 살아왔는가?

어떤 배우자를 맞았는가?

그 세 가지가 인생을 구별한다.

김형석 〈인생문답〉 중에서

완벽을 추구하려다가

계획만 세우는 사람이 있다.

계획은 얼마든지 중간에

수정 가능하기 때문에

계획에 에너지를 소진하지 말자.

완벽에 대해 집착하게 되면

두려움이 친구가 된다.

임려원 〈마음 드라이빙〉 중에서

운명은 이미 정해져 있는 것이 아니라

바꿀 수 없는 명(命)이라는 도화지에

바꿀 수 있는 운(運)을 그리는 것이다.

내 주관과 의지에 따라 얼마든지

인생의 주인공으로 살 수 있는 것이다.

도연 〈내 마음에 글로 붙이는 반창고〉 중에서

자기애가 없으면 자기 연민이 강해져서

사소한 일에도 서러워지고 화가 난다.

자기애를 높이려면

나에게 친절해지는 것이 가장 중요하다.

황보라 〈감정 쓰기 연습〉 중에서

한번 노예의 마음이 되면 분노해야 할 때 분노하지 않게 됩니다.
시도 때도 없이 화를 내는 것만이 분노조절장애가 아닙니다.
분노가 너무 잘 조절되는 것도 분노조절장애입니다.
보일러가 섭씨 20도에서 30, 40도로 치솟는 것도 문제지만
20도에서 올라가지도, 내려가지도 않는 것도 문제입니다.

권석천 〈사람에 대한 예의〉 중에서

못하는 것을 어떻게든 극복해서 실력을 기르자
라고 생각하는 사람이 의외로 많다.
하지만, 잘하는 분야를 더 키워 주는 데
집중하는 편이 훨씬 자신감도 커지고 효율적이다.

야마구치 마유 〈7번 읽기 공부 실천법〉 중에서

무례한 상대에게 친절할 필요는 없지만
같이 무례해질 필요도 없다.

김수현 〈애쓰지 않고 편안하게〉 중에서

병상에 누워서 삶을 회상하며
이제야 나는 깨달았다.
생을 유지할 적당한 부를 쌓았다면
우리는 부와 무관한 것을 추구해야 한다는 것을
내 삶에서 얻은 부를 나는 가져갈 수 없다.
내가 가져갈 수 있는 것은
사랑이 넘쳐 나는 기억들뿐이다.
그것들이 나와 함께하고
지속할 힘과 빛을 주는 진정한 부다.

스티브 잡스 〈병상 수기〉 중에서

우리가 실패를 두려워하지 말아야 하는 이유는
자신의 실패에 너그러울 수 있어야
타인의 실패에 너그러울 수 있기 때문이다.

김민철 〈모든 요일의 여행〉 중에서

활을 쏜 후에는 몸을 쓰지 마라.
효과가 없어서가 아니다.
당신의 시선이 꽂혀야 할 곳은
날아간 화살이 아니라 다음 화살이기 때문이다.

정철 〈한 글자〉 중에서

실패하기에 실패하지 않는 방법을 알게 되고
낯을 가리기에 분위기 파악을 하게 되고
아파봤기에 아픈 사람의 마음을 이해하게 되고
동심을 지녔기에 창조적인 어른이 될 수 있다.

시미즈 다이키 〈애쓰지 않아도 괜찮다〉 중에서

아파트에만 조망권이 있는 게 아니다.
사람의 생각에도 조망권이 있다.
다른 사람의 기준에 휘둘리지 않고
내 삶을 더 높게 멀리 보려면
생각의 조망권이 높아야 한다.

김미경 〈리부트〉 중에서

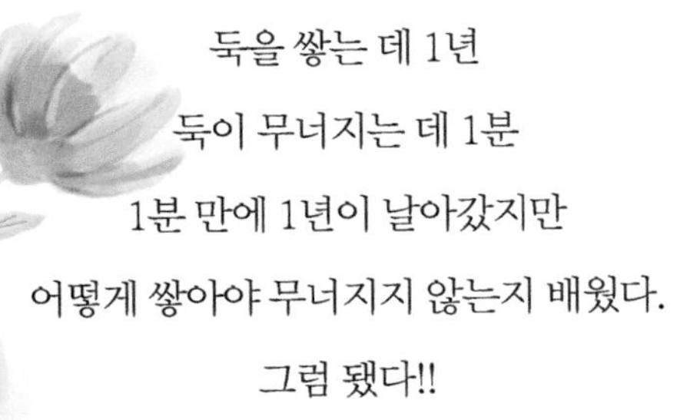

둑을 쌓는 데 1년

둑이 무너지는 데 1분

1분 만에 1년이 날아갔지만

어떻게 쌓아야 무너지지 않는지 배웠다.

그럼 됐다!!

조성희 〈뜨겁게 나를 응원한다〉 중에서

'가르친다'는 뜻의 영어 단어 'Educate'는

밖으로 끌어낸다는 의미를 담고 있다.

부모나 교사나 선배가 일방적인 생각을

주입하는 게 아니라, 잠재적 능력을

발현하도록 밖에서 돕는 게 진짜 가르침이다.

이기주 〈말의 품격〉 중에서

'나'가 모이면

우리가 되는 게 아니라

'나'를 버려야 우리가 된다.

우미영 〈나를 믿고 일한다는 것〉 중에서

공간을 크게 느끼게 하려면

시간을 길게 느끼게 해야 하고

시간을 길게 느끼게 하려면

기억할 사건을 많이 만들어 줘야 한다.

기억할 사건이 많게 하려면

많은 감정을 느끼게 해 주어야 한다.

왜냐하면 우리는

사건들을 느낌과 감정으로 저장하기 때문이다.

유현준 〈도시는 무엇으로 사는가〉 중에서

대다수가 꿈꾸는 '프리랜서'란

출근하지 않아도 되는 몸이 되는 동시에

퇴근할 수 없는 마음이 되는 것

이지성 〈에이트 씽크〉 중에서

1%의 사람은

열심히 하겠다거나 최선을 다한다는 말을 하는 대신

무엇을 어떻게 열심히 하겠다는 메시지를 전달한다.

이노우에 히로유키 〈습관 디자인 45〉 중에서

한밤중, 가로등도 없는 한적한 지방도로
우리는
불빛 하나가 달려오면 오토바이
불빛 두 개가 달려오면 자동차라고 믿는다.
고정관념이다.
불빛 하나는 한쪽 헤드라이트가 고장 난 차일 수도
불빛 두 개는 나란히 달려오는 오토바이 두 대일 수도
지식의 빛, 경험이라는 빛이
고정관념의 어두운 그림자를 만들 수 있다.

이어령 〈생각 깨우기〉 중에서

동태에게 명태 시절의 기억을 물으면
한마디도 대답을 하지 못한다.
그렇다고 동태를 가볍게 보지 마라.
동태는 기억이 안 나서 대답을 못 하는 게 아니라
입이 얼어서 대답을 못 하는 거니까.
말 없는 사람을 만나면 혹시 그대가
그의 입을 얼게 하지 않았는지 생각해 볼 일이다.

이외수 〈아불류 시불류〉 중에서

가장 가까운 가족일수록
자신의 한계를 인정해야 한다.
그래야 내가 할 수 있는 것과
할 수 없는 것을 구분할 수 있고,
어떤 것에 마음을 쏟고,
어떤 것에는 냉정해질 필요가
있는지 판단할 수 있다.

김혜령 〈불안이라는 위안〉 중에서

내가 하는 말투가 자신을 만든다.
자신의 특징과 장점을 부각할 수 있는
말투로 자신을 디자인할 수 있을 때
세상은 기회를 준다.

김범준 〈말투의 편집〉 중에서

하고 싶지만, 참고 하지 않는 것.
하기 싫지만, 참고 하는 것.
2가지 전제 조건이 충족되어야
진짜 어른이다.
적지 않은 사람들이 이 2가지를
혼동해서 미성숙한 어른이가 된다.

양재진 〈내 마음을 나도 모를 때〉 중에서

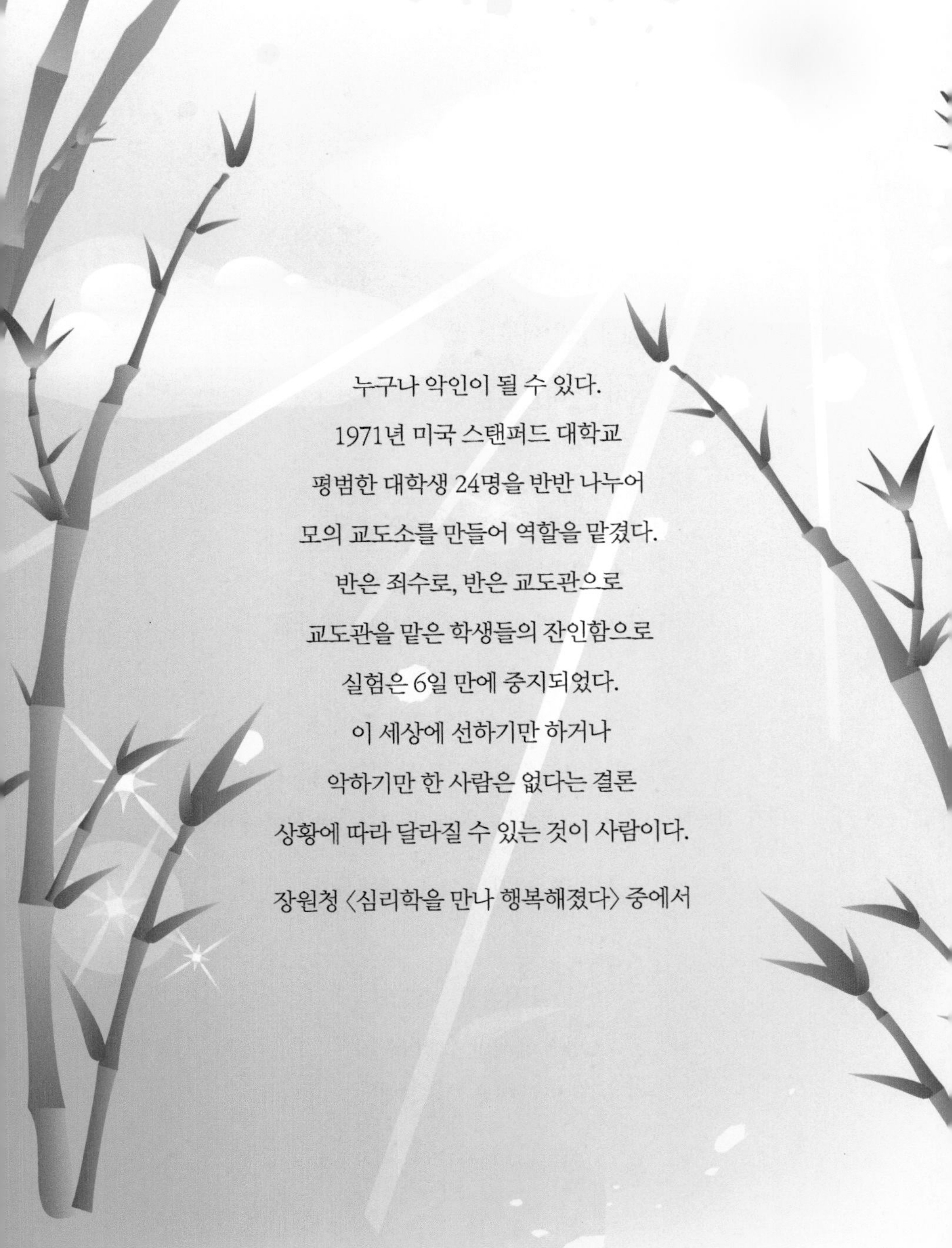

누구나 악인이 될 수 있다.
1971년 미국 스탠퍼드 대학교
평범한 대학생 24명을 반반 나누어
모의 교도소를 만들어 역할을 맡겼다.
반은 죄수로, 반은 교도관으로
교도관을 맡은 학생들의 잔인함으로
실험은 6일 만에 중지되었다.
이 세상에 선하기만 하거나
악하기만 한 사람은 없다는 결론
상황에 따라 달라질 수 있는 것이 사람이다.

장원청 〈심리학을 만나 행복해졌다〉 중에서

어떤 말은 마음속으로만 하는 게 좋다.
모두가 좋게 들어 주는 건 아니고
모두가 호의라고 여기지도 않으니까.
어떤 꿈은 묵묵히 노력만 하는 게 좋다.
모두가 당신을 좋게 봐 주는 건 아니고
모두가 당신이 꿈을 이루는 걸 기쁘게 여기지 않으니까.

변지영 〈내 마음을 읽는 시간〉 중에서

사람들이 재미없다던 영화를 보고
'난 재밌는데.' 생각할 수도 있고
주변 사람들의 평판이 별로였던 누군가를
막상 내가 만나보니
누구보다 좋은 사람인 경우도 있다.
남들이 정해놓은 기준으로 살 필요는 없다.
내가 행복하려면 남의 기준이 아니라 내 기준으로 살아야 하니까!

김수민 〈너라는 위로〉 중에서

먼저 사과할 수 있고
먼저 용서할 수 있다면
고민의 반은 사라진다.

고영성 〈부모공부〉 중에서

어둠이 한기처럼 스며들고

배 속에 꼬르륵 소리가 요동을 칠 때

학교 앞 버스 정류장을 지나는데

먼저 와 기다리던 선재가

내가 맨 책가방 지퍼가 열렸다면서 닫아 주었다.

아무도 없는 집 썰렁한 내 방에서

학교에서 받은 우유를 꺼내려 가방을 여는데

아직 온기가 식지 않은 종이봉투에

붕어빵 다섯 마리

내 열여섯 세상에

가장 따뜻했던 저녁

복효근 〈세상에서 가장 따뜻했던 저녁〉 중에서

자신의 존재가

집중받고, 주목받은 사람은

설명할 수 없는 안정감을 확보한다.

그 안정감 속에서야 비로소

사람은 합리적인 사고가 가능하다.

정혜신 〈당신이 옳다〉 중에서

살면서

사람 하나 잘못 만나면

여러 가지로 어려워진다.

그런데, 운이 나빠서

사람을 잘못 만나는 게 아니다.

잘못 만난 사람도

내가 선택한 결과이니까.

로맹 가리 〈여자의 빛〉 중에서

자신을 사랑하는 방법이 있는가?

남을 위해 베푸는 것 이전에

자신에게 베푸는 것이 먼저이다.

어떤 유명한 철학자는

자신이 지쳐서 힘들 때

남에게 좋은 일을 했을 때

비싼 레스토랑에서 밥을 먹고

즐거운 공연을 보면서

자신에게 보상을 한다고 한다.

이현수 〈긍정적 심리학〉 중에서

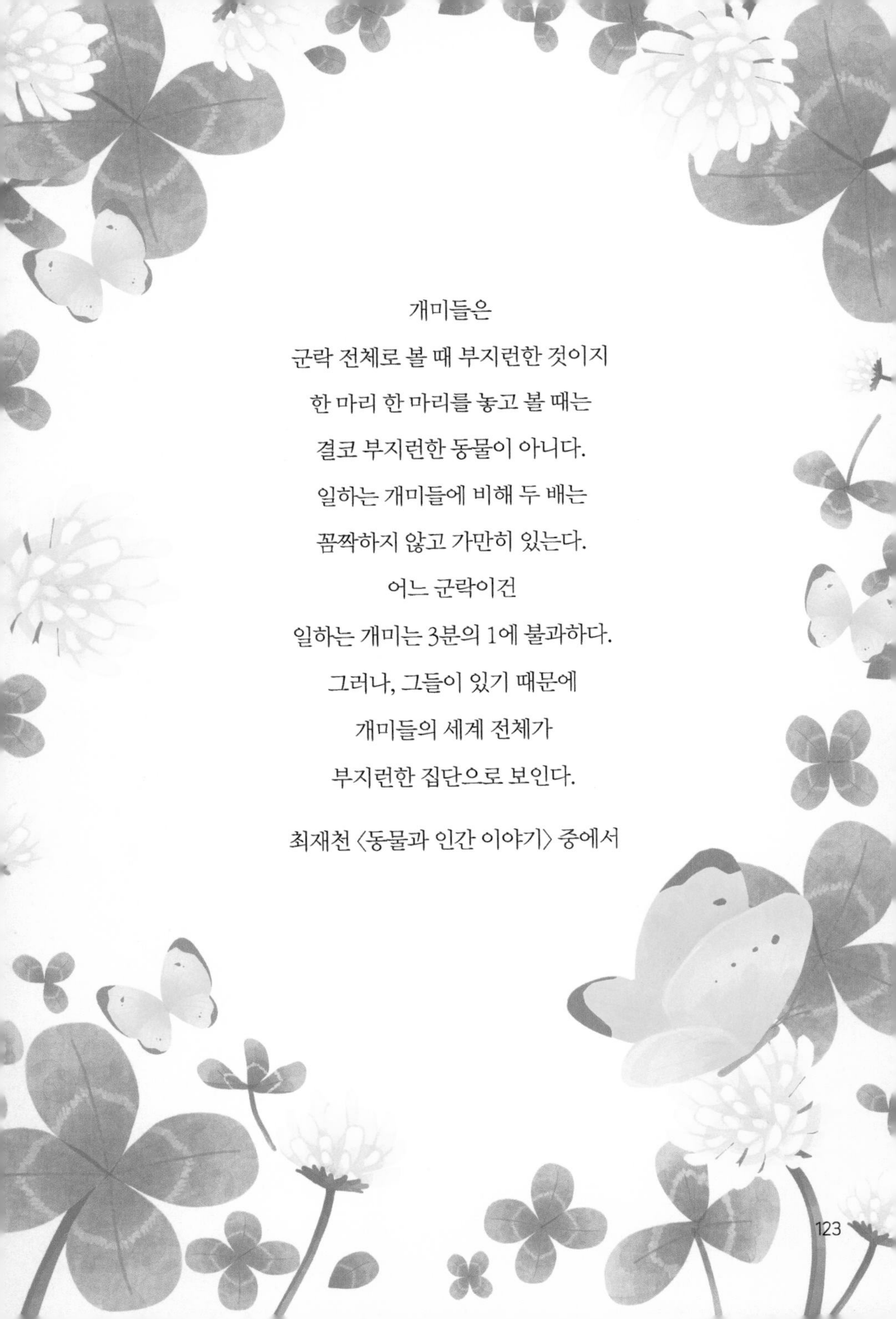

개미들은

군락 전체로 볼 때 부지런한 것이지

한 마리 한 마리를 놓고 볼 때는

결코 부지런한 동물이 아니다.

일하는 개미들에 비해 두 배는

꼼짝하지 않고 가만히 있는다.

어느 군락이건

일하는 개미는 3분의 1에 불과하다.

그러나, 그들이 있기 때문에

개미들의 세계 전체가

부지런한 집단으로 보인다.

최재천 〈동물과 인간 이야기〉 중에서

생선이
소금에 절임을 당하고
얼음에 냉장을 당하는
고통이 없다면
썩는 길밖에 없다.

정채봉 〈처음의 마음으로 돌아가라〉 중에서

할 말을 할 줄 아는 사람이란
안 할 말은 안 하는 사람이다.

원택 〈성철스님의 짧지만 큰 가르침〉 중에서

좋은 사람이란
무조건 인성이 좋고
선행을 하는 사람이 아니라
나랑 잘 맞는 사람이다.
사회에서 말하는 좋은 사람과
나에게 좋은 사람을 구별해야
안정적인 관계의 미래가 그려진다.

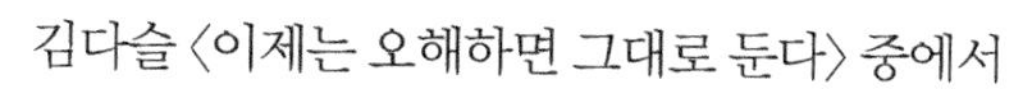
김다슬 〈이제는 오해하면 그대로 둔다〉 중에서

생각을 정리하고

인간관계를 정리하고

하루의 일을 정리하고

그렇게

모든 걸 정리하려고 하지 마세요.

그냥 어질러두면

저절로 정리되는 일도 있고

정리할 필요가 없을 만큼

작은 일들도 있거든요.

글배우 〈아무것도 아닌 지금은 없다〉 중에서

무언가를 잃어버렸을 땐 생각하렴.

원래부터 내 것은 아니었다는걸.

삶이 힘들 땐 생각하렴.

모든 것은 지나가게 된다는 걸.

절망에 빠졌을 땐 기억하렴.

하늘은 네 편이라는 것을.

유지나 〈영화로 세상보기〉 중에서

하루는 이틀의 절반이 아니라 일생의 전부다.

그래서 우리는 하루를 일생처럼 살아야 한다.

변종모 〈같은 시간에 우린 어쩌면〉 중에서

아이는 길을 잃었을 때 울 수도 있고

누군가 그 아이를 돌봐 주기도 하지만

어른이 되어 길을 잃으면 길을 잃은

아이보다 더 무섭고 슬프다.

김재식 〈좋은 사람에게만 좋은 사람이면 돼〉 중에서

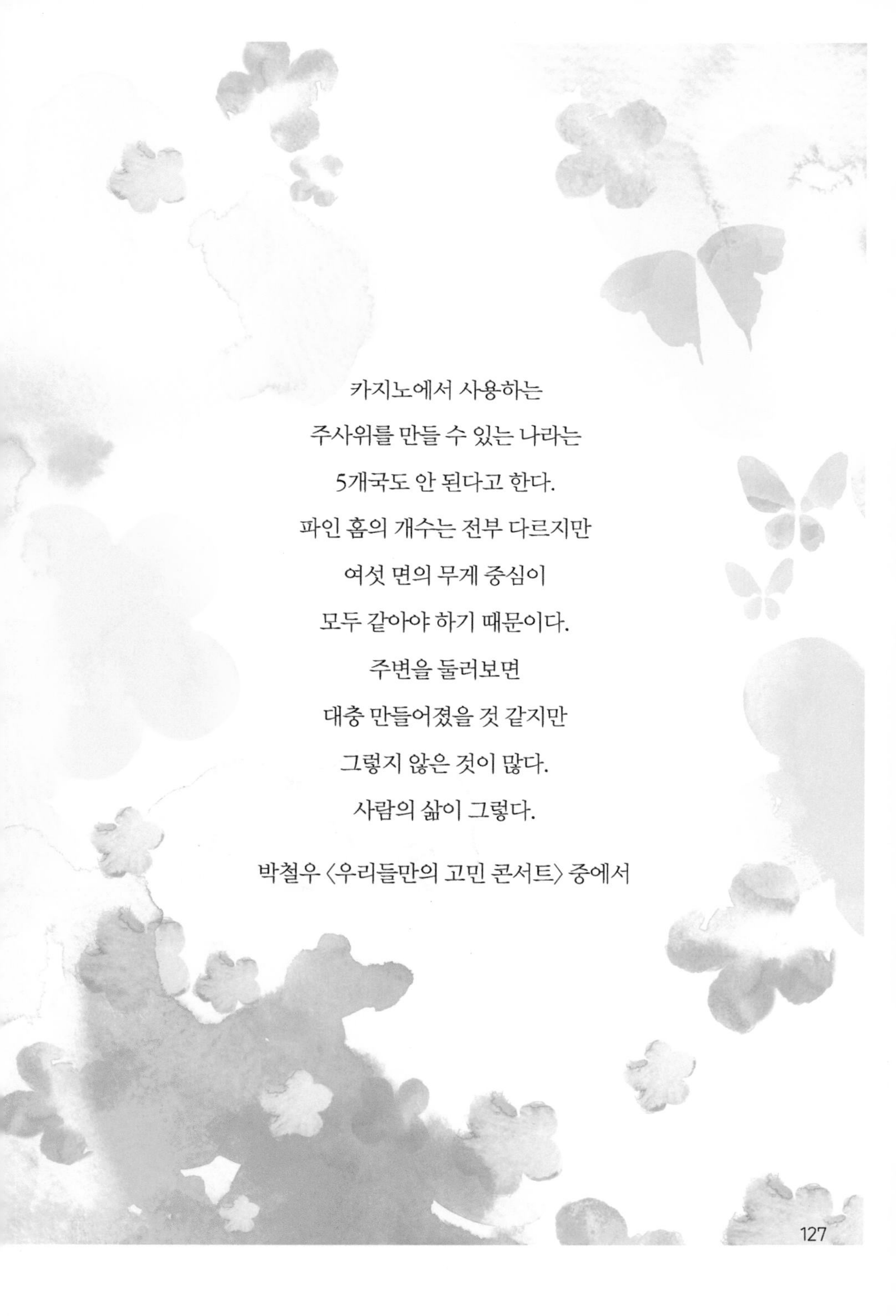

카지노에서 사용하는
주사위를 만들 수 있는 나라는
5개국도 안 된다고 한다.
파인 홈의 개수는 전부 다르지만
여섯 면의 무게 중심이
모두 같아야 하기 때문이다.
주변을 둘러보면
대충 만들어졌을 것 같지만
그렇지 않은 것이 많다.
사람의 삶이 그렇다.

박철우 〈우리들만의 고민 콘서트〉 중에서

발견은 모든 사람들이 보는 것을 보고
아무도 생각하지 못한 것을
생각하는 것으로 이루어져 있다.
흘려보지 말고 깊게 보라.

박웅현 〈여덟 단어〉 중에서

인생을 둘로 나눌 수 있다면
전반부 인생은 망설이지 말고
후반부 인생은 후회하지 말아라.

장원청 〈심리학을 만나 행복해졌다〉 중에서

완벽한 끝은 존재해도
완벽한 시작은 존재할 수 없다.
'시작점'은 원래 아무것도 없는 지점이다.
원하는 목표를 향하면서 얻는 것들,
즉, 과정이 완벽한 끝을 만드는 것이다.

유은정 〈혼자 잘해주고 상처받지 마라〉 중에서

대부분의 사람은
당장 눈앞에 보이는 것을
얻고, 더하고, 쌓는 것에 초점을 맞춘
플러스 씽킹(Plus Thinking)을 한다.
반면, 어떤 사람은
성취, 이익, 소유 대신에
버리고, 줄이고, 소유하지 않는
마이너스 씽킹(Minus Thinking)을 한다.
뜻밖에도 마이너스 씽킹의 사람들 중에
인류의 역사를 바꾼 기업인, 과학자가 많다.

오정욱 〈빼기의 법칙〉 중에서

남들에게 모든 걸
이해받으려고 하지 마.
다른 사람의 평가로
마음을 채우려는 인간은
그 순간밖에
행복할 수 없어.

원태연 〈진짜 가짜〉 중에서

내 안에 잠든 운을 깨우기 위해서는
자기 걸로 만들기 위한 노력을 해야 한다.
가장 어리석은 짓이
바둑 공부를 하나도 하지 않고
이창호 9단한테 바둑 두러 가는 것이다.
이창호 9단이 아무리
나한테 져주고 싶어도 질 수가 없다.
운은
내가 이길 확률이 높은 곳에서 테스트해야 한다.

김도윤 〈내 안에 잠든 운을 깨우는 7가지 법칙〉 중에서

칭찬은 빛나는 축복일 수도 있지만,
평생 벗어날 수 없는 속박일 수도 있다.

정여울 〈그때 알았더라면 좋았을 것들〉 중에서

내가 기쁨을 느끼고 즐거워하는 일에는
타인이 흉내 낼 수 없는 나만의 완성도를
갖춰놓는 것이 바로 성공적인 기준점이다.

소노 아야코 〈약간의 거리를 두다〉 중에서

인간은 세 가지 부류가 있다네.

개미처럼

땅만 보고 가면서 눈앞의 먹이를 먹는 것

거미처럼

시스템을 만들어 얻어걸리는 것을 먹는 것

꿀벌처럼

화분으로 꽃가루를 옮기고 꿀을 만들어 먹는 것

개미와 거미는 있는 걸 Gethering하지만

벌은 화분을 Transfer하는 거야.

그게 창조야.

김지수 〈이어령의 마지막 수업〉 중에서

소나무는 멀리서 바라보면

참으로 의연한 자태를 가지고 있다.

그러나, 가까이서 바라보면

인색한 성품을 그대로 드러내 보인다.

소나무는 어떤 식물이라도

자기 영역 안에서 뿌리를 내리는 것을

절대로 허락하지 않는다.

그래서

대나무는 군자의 대열에 끼일 수가 있어도

소나무는 군자의 대열에 끼일 수가 없는 것이다.

이외수 〈청춘불패〉 중에서

참는 것은

위기 대처로만 보면 탁월한 선택이다.

그러나, 그것은

고치는 것이 아닌 무시하는 대처이기 때문에

올바른 선택이 아닐 수 있다.

정영욱 〈나를 사랑하는 연습〉 중에서

설득이나 감정적 호소를 통해서

다른 사람을 변화시킬 수 없다.

왜냐하면

변화의 문은 오직 당사자가 내면에서만

열 수 있는 독특한 구조이기 때문이다.

스스로 마음의 문을 열고 자신의 문제에

직면할 수 있도록 기다려야 하는 이유다.

조신영 〈쿠션〉 중에서

잔업이 많은 사람들은

일이 시간을 소비하는 행동에

빠져 있지 않은가 생각해 봐야 한다.

일이라고 하는 것은

주어진 일을 끝내는 데 있는 게 아니고

주어진 시간 안에 주어진 목적을

달성하는 데 있는 것이기 때문이다.

혼다 나오유키 〈타임에셋〉 중에서

한 발자국만 내딛어보자.

두렵고, 귀찮고, 피곤하고, 쉬고 싶다면

한 발자국만 앞으로 나간 후에 다시 쉬면 된다.

실컷 쉬고 다시 한 발자국

이런 식으로 한 발씩 나아가 보는 거다.

김다슬 〈기분을 관리하면 인생이 관리된다〉 중에서

사람들은 산에 걸려 넘어지지 않는다.

그들은 조약돌에 걸려 넘어진다.

작은 것들이 곧 중요한 것이다.

이지성 〈생각하는 인문학〉 중에서

너를 꽃밭에 데려가는

남자를 만나

쓰레기장에 데려가면서

매일 진심인 척만 하는

그런 남자 말고.

흔글 〈무너지지만 말아〉 중에서

사람은 누구나 자기가 뚫은 자신만의

문구멍(Peephole)으로 세상을 볼 수밖에 없다.

공부를 많이 한 사람은 큰 구멍을 가지고 있고

안목이 높은 사람은 좀 더 잘 보이는 곳에

자리 잡은 구멍을 가지고 있다는 차이가 있을 뿐이다.

그런데 문제는

자신의 문구멍으로만 세상을 바라볼 것을

강요하는 데에 있다.

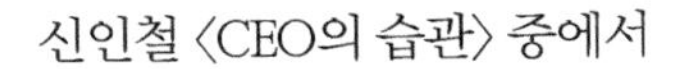

신인철 〈CEO의 습관〉 중에서

같은 감정을 공유하는 것을

공감이라고 생각하지만

진정한 공감은

다름을 인정해야만 가능한 것이다.

주현성 〈이게 다 심리학 덕분이야〉 중에서

불이 나면 꺼질 일만 남고

상처가 나면 아물 일만 남는다.

머물지 마라, 그 아픈 상처에

허허당 〈머물지 마라 그 아픈 상처에〉 중에서

화를 자주 내시는 분들

이것 하나만은 알아주세요.

상대방이 정말로 잘못해서

아무 말도 안 하고 조용히 있는

사람들도 물론 있겠지만

더 이상의 싸움을 피하기 위해

자신의 감정을 억누르고 참고

있어 주는 사람들 또한 있습니다.

신준모 〈어떤 하루〉 중에서

세계적으로

크게 성공한 사람들이 말하는 3가지 성공 비결

첫째, 오래 살아라.

둘째, 한 가지만 해라.

셋째, 끝까지 해라.

그러나,

무엇이든 끝까지 하는 사람은 채 1%도 되지 않는다.

김이율 〈끝까지 하는 힘〉 중에서

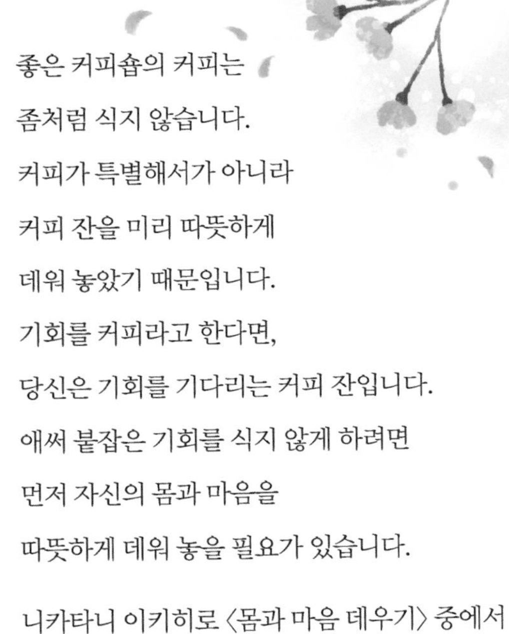

좋은 커피숍의 커피는
좀처럼 식지 않습니다.
커피가 특별해서가 아니라
커피 잔을 미리 따뜻하게
데워 놓았기 때문입니다.
기회를 커피라고 한다면,
당신은 기회를 기다리는 커피 잔입니다.
애써 붙잡은 기회를 식지 않게 하려면
먼저 자신의 몸과 마음을
따뜻하게 데워 놓을 필요가 있습니다.

니카타니 이키히로 〈몸과 마음 데우기〉 중에서

인생은 어느 시기건
그에 알맞은
그때만 느낄 수 있는 즐거움이 있다.
그것을 충분히 느끼며 산다면
성공한 인생이다.

이근후 〈나는 죽을 때까지 재미있게 살고 싶다〉 중에서

이 세상에 내 기대치를 온전히 만족시켜 줄 사람은 없다.

드라마 시청률도 40%만 나오면 '대박'

51%의 지지율만 얻어도 대통령이 되고 국회의원이 된다.

이런 상황에서 대체 우리가 무슨 수로

인간관계에서 100%의 만족을 기대할 수 있겠는가?

양창순 〈담백한 삶의 기술〉 중에서

인위적으로라도

일하는 나와 쉬는 나를 구분해야 한다.

여유가 있다면

업무용 PC와 개인 PC를 구분하는 것도 좋다.

일과 나의 경계막이 나를 건강하게 일할 수 있게 도와준다.

일은 내가 아니다. 일과 나를 명확히 구분하라.

채정호 〈퇴근 후 심리 카페〉 중에서

기억하라!

당신이 할 수 없다고 믿는 동안

당신은 절대로 할 수 없다.

박경숙 〈어쨌거나 회사를 다녀야 한다면〉 중에서

10년 전보다 자신의 꿈에
조금이라도 가까워졌는지 알고 싶으면
꿈을 이루는 데 도움이 되는 사람들과 어울린 때가
언제인지 스스로에게 물어보기만 하면 된다.

벤저민 하디 〈최고의 변화는 어디서 시작되는가〉 중에서

주인이 아니지만 주인의식을 갖는 사람은
언젠가 주인이 되고
주인이면서도 손님 같은 사람은
언젠가 주인 자리를 내놓게 됩니다.

조정민 〈길을 찾는 사람〉 중에서

모두가 컬러일 때 조용한 흑백이 눈에 띈다.
모두가 헤비메탈일 때 잔잔한 재즈가 귀에 들린다.
강한 것보다 강한 것은
다른 것이다.

정철 〈내 머리 사용법〉 중에서

내가 정말 슬프고
마음이 무거워지는 이유는
타인이 건네는 차갑고 아픈 말 때문이 아니라,
그 말을 내려놓지 못하는 못난 내 마음 때문입니다.

이민홍 〈좋은글 대사전〉 중에서

한계를 넘어설 때 가장 중요한 요소는 바로 '자신'이다.
관건은 자신의 한계를 넘어설 만큼
명확한 방향과 목적이 있는가이다.
삶의 목적과 의미를 모르고 사는 사람은
하루에도 수백 번씩 무의미한 상념과 고민에 파묻힌다.

쉬셴장 〈하버드 감정 수업〉 중에서

톱은 단칼에 나무를 자르지 않는다.
수십 개의 톱니로 수십 번 왕복하여
나무 하나를 겨우 토막 낸다.
그래야 나무의 자존심이 상처받지 않는다.
내가 누군가의 자존심을 잘라야 한다면
칼이 아니라 톱이 되어야 한다.
톱은 단칼에 나무를 자르지 않는다.

정철 〈한 글자〉 중에서

정리를 잘하는 사람에게
물건을 버리지 말아야 하는 이유는
'자주 쓰기 때문'이지만
정리를 못하는 사람의 이유는
'추억이 담겨서', '아까워서', '선물 받은 거라서' 등
본질과 쓰임새와 상관없는 이유를 든다.

윤선현 〈이대로는 안 되겠다 정리를 시작했다〉 중에서

당신의 야망을 깔보는 사람을 멀리하라.

하찮은 사람은 항상 남을 깔보기 마련이다.

정말 위대한 사람은

남들도 똑같이 위대해질 수 있다는

희망을 심어 주는 사람이다.

마크 트웨인 〈자서전〉 중에서

해야 하는 것의 압박에서 벗어나려면

무엇을 하지 않아야 하는지부터 알아야 한다.

무엇을 하지 않는다는 건

무엇을 꼭 한다는 것보다

더 큰 효과를 내기도 하니까.

최태정 〈잘못한 게 아니야 잘 몰랐던 거야〉 중에서

내가 옳다는 생각을 버리면
화가 나지 않을 것이다.
화를 냄으로써 해결할 수 있는
인생 문제는 생각만큼 많지 않다.

아들러 〈오늘 행복을 쓰다〉 중에서

인생에는 정답이 없다.
그렇기에 약간은 힘을 빼도 괜찮고
남들과 좀 달라도 괜찮고
어쩌다 넘어지거나, 길을 잃어도 괜찮다.
결국 인생에는 정답이 없기 때문이다

손미나 〈내가 가는 길이 꽃길이다〉 중에서

수많은 대인 관계에서 배운 한 가지는
아무리 잘나가는 사람을 많이 알고 있어도
결국에는 내가 잘돼야
그 사람들과 보조를 맞추며 나아갈 수 있다는 것이다.

이어령 〈생각 깨우기〉 중에서

생각이 자유로워지면

다양한 방법론을 자유롭게

나만의 방식으로 요리할 수 있게 된다.

기획에는 천재가 없다.

기획에는 정석도 없다.

최장순 〈기획자의 습관〉 중에서

기다리기만 하는 자는

마중 나가는 자를

절대 이길 수 없다.

박재규 〈내 삶의 힌트〉 중에서

인생은 좋아하는 것만

골라 먹을 수 있는 뷔페가 아니라

좋은 것을 먹기 위해

좋아하지 않는

디저트가 따라 나오는 것도

감수해야 하는 세트 메뉴다.

한비야 〈그건 사랑이었네〉 중에서

수천 년 전에도

효도하는 법은 하나뿐이었다.

수만 년 후에도

효도하는 법은 하나뿐일 것이다.

.

.

살아 계실 때 한다.

정철 〈한 글자〉 중에서

뛰어가려면 늦지 않게 가고

어차피 늦을 거라면 뛰어가지 말아라.

후회할 거라면 그렇게 살지 말고

그렇게 살 거라면 절대 후회하지 말아라.

무라카미 하루키 〈먼 북소리〉 중에서

나는 당신이 실패할까 봐

두려운 것이 아니라

잘못된 길에서 성공할까 봐 두렵다.

하워드 핸드릭스 〈삶을 변화시키는 가르침〉 중에서

목표가 없는 사람은

목표가 있는 사람을 위해

평생 일해야 하는

종신형에 처해져 있다.

브라이언 트레이시 〈그냥 닥치고 하라〉 중에서

사람들은 말한다.

그때 참았더라면, 그때 잘했더라면

그때 알았더라면, 그때 조심했더라면

훗날엔 지금이 바로 그때가 되는데

지금은 아무렇게나 보내면서

자꾸 그때만을 찾는다.

이규경 〈온 가족이 읽는 짧은 동화 긴 생각〉 중에서

휴가를 의미하는 영어 단어

바캉스(Vacance)는 텅 비어 있다는 뜻의

라틴어 바카티오(Vacatio)에서 유래되었다.

바캉스는 그냥 노는 게 아니라

비워 내는 의미인 것이다.

이기주 〈말의 품격〉 중에서

사람은 누구나

열등감과 무력감, 초라함을

한 번씩 느끼면서 살아간다.

건강한 자존감이란

부정적인 마음이 없는 게 아니라

부정적인 마음에 오래 머무르지 않는 것이다.

김수현 〈애쓰지 않고 편안하게〉 중에서

열등감과 위축감을

자신이 어떻게 해석하고 다루느냐에 따라

개인의 미래는 180도 달라진다.

김정민 〈오늘 행복을 쓰다〉 중에서

비즈니스 직업과 전문가의 역할은

대부분 온라인화가 될 것이다.

오래도록 이 같은 조짐을 보였다.

의료 서비스업, 유통업, 원격 작업 등에 대한

사회 경제적 선호가 커졌고

코로나19는 이를 성큼 앞당겼다.

제이슨 솅커 〈코로나 이후의 세계〉 중에서

생각해야 질문할 수 있고,

질문이 있어야 비로소 자기 생각이 시작된다.

질문하지 않아도 평균은 간다.

하지만, 평균은 대체되기 가장 쉽기 때문에 위험하다.

토드 로즈 〈평균의 종말〉 중에서

진정으로 지혜로운 여행사가 존재한다면

어디를 가고 싶은지를 묻는 대신에

"지금 당신의 삶에는 어떤 변화가 필요합니까?"라고 물어야 한다.

손미나 〈내가 가는 길이 꽃길이다〉 중에서

하고 싶은 일을 하고 있거나, 할 수 있는 일을 하고 있거나

둘 중 하나를 하고 있다면 잘 살고 있는 것이다.

김수미 〈누가 뭐래도 내 인생은 내가 만든다〉 중에서

나비도 비에 날개가 젖으면
귀찮아서가 아니라 살기 위해
비가 그칠 때까지는 비행을 멈추듯
가끔은 멈출 줄 아는 것도 지혜다.
휴가는 삶에 쉼표를 찍는 귀한 멈춤이다.

오카타 마리토 〈오늘은 이만 좀 쉴게요〉 중에서

세상에
우리를 달리게 하는 것들은
많지만
멈추게 하는 것은
드물다.

변지영 〈좋은 것들은 우연히 온다〉 중에서

프로젝트를 통해 구글은
팀의 생산성이 최고로 높아지는 요소를 찾았다.
심리적 안전감(Psychological safety)이었다.
심리적인 안전감을 느낄 때 대다수의 팀원들은
두려움 없이 자기 생각을 말하고
스스로 자신의 한계를 시험하며
새로운 것에 과감히 도전했다.
그 결과 자신의 역량을 맘껏 발휘하는 성과를 만들었다.

우미영 〈나를 믿고 일한다는 것〉 중에서

크리스마스에 선물이란 걸
받는 것보다 주는 걸 즐기고
주기 전에 뭘 주면 상대방에게
기쁘고 필요한 선물이 될 것인가를
고민하는 과정에서 자기도 모르게
상대방의 처지나 마음이 되는 걸 볼 때
그런 내 아이들이 대견하고도 사랑스럽다.

박완서 〈아름다운 것은 무엇을 남길까〉 중에서

놓아버리는 것과 회피하는 것의 차이는
놓아버리는 것은 재발하지 않고
회피한 것은 재발한다는 것이다.
관계가 좋지 않은 누군가를 계속 피한다면
갈등과 괴로움은 계속 재발하지만
그에 대한 거부 반응을 놓아버리면
마주하든 외면하든 그게 부담스럽지 않다.

현각 〈마음 두드림〉 중에서

불안정한 사회일수록 손실 기피(Loss aversion)가 만연한다.
경제학에서 말하는 손실 기피란 '손실에서 오는 불쾌감이
같은 크기의 이득에서 오는 만족감보다 훨씬 크게 느껴지는'
현상을 의미한다. 하지만 안전한 성공은 없다.
도전해야 할 순간에는 손실이나 실패를 두려워하면 안 된다.

한창욱 〈인생을 어떻게 살면 좋겠냐고 묻는 딸에게〉 중에서

믿었던 상대에게 배신감이 들 때
억울하고 분한 마음이 들지만
가만 생각해 보면
우리가 누군가를 믿는다는 건
"너로 인해 아파도 괜찮아."
라는 약속까지 포함되어 있는 거였다.

원희준 〈가만히 생각해 보니 별일 아니었어〉 중에서

For Spring

그릇이 더러우면

무엇을 담아도 함께 더러워진다.

마음의 그릇이 어지러우면

보고 듣고 생각하는 모든 것이

뒤틀려지듯이.

팡차오후이 〈나를 지켜낸다는 것〉 중에서

고수는 무엇이든 꼭 집어서 말하지 않는다.

받아들이는 사람에게 생각의 재량을 넘겨주는 것이다.

하수는 무엇이든지 대체로 꼭 집어서 말한다.

마치 자신이 모든 것을 다 알고 있다는 듯이 말이다.

높이와 깊이에 한계가 있어서 그럴 것이다.

방우달 〈희희낙락〉 중에서

높이 나는 새는

몸을 가볍게 하기 위하여

많은 것을 버립니다.

심지어 뼛속까지 비워야(骨空) 합니다.

무심히 하늘을 나는 새 한 마리가

가르치는 이야기입니다.

신영복 〈처음처럼〉 중에서

선택을 한다는 건 동시에
무언가를 포기하는 것이기도 하다.
그러므로
좋아하는 일을 치열하게 하든지
잘하는 일을 하면서 좋아하는 일을
취미로 두든지 해야 할 것이다.

손힘찬 〈나는 나답게 살기로 했다〉 중에서

말을 전달할 수 있는 것
사랑하는 아이를 쓰다듬을 수 있는 것
목마름에 시원한 물을 벌컥벌컥 마실 수 있는 것
가족이 만들어준 음식을 먹을 수 있는 것
자유로이 몸을 움직일 수 있는 것
좋아하는 사람을 눈에 담을 수 있는 것
이 모두가 기적이었다.

김다슬 〈이제는 오해하면 그대로 둔다〉 중에서

모든 피로와 스트레스는
과거와 미래에서 비롯된다.
지난 일에 연연하고,
앞으로 일어날 일을
불안해하는 데서 시작된다.

여기에서 벗어나고 싶다면
평가나 판단을 더하지 않고
'지금, 여기'에 집중해야 한다.

구가야 아키라 〈최고의 휴식〉 중에서

실력이 30%인 사람에겐
70%의 운이 필요하지만
실력이 70%인 사람에겐
30%의 운만 있어도 된다.

이승희 〈별게 다 영감〉 중에서

머리를 감아야겠다.
시험 전날 졸면서 외우던 낱말
옛날 전화번호와
지워진 본적지 주소
열세 자리 주민등록번호도
샴푸의 거품으로 다 씻어버리자.

그러나
최초로 배운 내 모국어의 모음과 자음
이 말만은 거품이 되면 아니 된다.
엄마 아빠 그리고, 맘마 지지

이어령 〈마지막 남은 말〉 중에서

새로 시작한 기업체와 같이

이익보다 손해가 많은 게 30대이다.

설령 적자인생이라는 결론이 나더라도

그것은 어디까지나 중간결산이라는

사실을 잊지 말아야 한다.

나카타니 이키히로 〈30대에 하지 않으면 안 될 50가지〉 중에서

변화무쌍한 시대에 장기 플랜은 오히려 걸림돌이 된다.

해야 할 일의 우선순위를 정하고 하나씩 해결하라.

그 결과를 보고 다음 수를 두어야 한다.

이근상 〈우주에 흔적을 남겨라〉 중에서

강풍이 자주 부는 미국 서부 해안에는
세쿼이아 나무가 산다.
이 나무는 뿌리가 얕아서
바람에 쉽게 날아갈 것 같은데,
거센 강풍이 불어도
쉽사리 날아가는 법이 없다.
혼자 자라지 않고, 꼭 여럿이 숲을 이루고
얕은 뿌리지만 서로 단단히 얽혀 있기 때문이다.

오종환 〈행복할 때 살피고 실패할 때 꿈꿔라〉 중에서

우리는 완벽하게 기억한다고 생각하지만
시간이 지나면서 감정에 따라
경험과 기억이 달라진다.
기억은 기록이 아닌 해석이고
뇌가 거짓 기억을 만들 수 있다.

이영직 〈행동 뒤에 숨은 심리학〉 중에서

사람들은 타인을 바라보는 따스한 시선 속에서
가장 행복한 표정이 되고,
다른 사람이 나를 어떻게 생각할까 걱정하는 시선 속에서
가장 위태로운 표정이 된다.

정여울 〈그때 알았더라면 좋았을 것들〉 중에서

요즘 직장인들에게 필요한 것은
액셀을 밟는 기술이 아니라
브레이크를 거는 기술이다.
"앞으로 나아가." "위로 올라가자."라며
마음을 졸이지 말고, 주변으로 시선을 돌려
속도를 줄여 느긋하게 가는 기술을 익혀야 한다.

고바야시 히로유키 〈하루 세 줄, 마음정리법〉 중에서

안 오는 사람은 끝까지 안 오지만
못 오는 사람은 뒤늦게 올 수도 있다.
안 하는 사람은 끝까지 할 수 없지만
못하는 사람은 언젠가 해낼 수도 있다.
상대를 간파할 수 있는 안목
그것이 관계의 힘이다.

정철 〈내 머리 사용법〉 중에서

인간의 지적 능력은
얼마나 많은 방법을 알고 있느냐로
측정되는 것이 아니라,
뭘 해야 할지 모르는 상황에서
어떤 행동을 하느냐로 알 수 있다

센딜 멀레이너선, 엘다 시퍼 〈결핍의 경제학〉 중에서

관계를 이어 가는 가장 확실한 비결은
"언제 한번 보자."라는 말을
"이번 주에 보자."로 바꾸면 된다.

문요한 〈관계를 읽는 시간〉 중에서

모욕에 익숙해지지 않아야
함부로 모욕감을 주지도 않는다.
그러니 우리는 더럽고 치사했다고
되돌려주는 건 하지 말자.
적어도 그 모욕에 익숙해지지 말자.

김수현 〈애쓰지 않고 편안하게〉 중에서

먹고 싶은 것을 다 먹으면
몸이 건강할 수 없고
하고 싶은 말을 다 하면
삶이 건강할 수 없다.
몸도 삶도 절제와 인내로 지키는 거다.

조정민 〈길을 찾는 사람〉 중에서

당신을 잘 알고 있는 중요한 사람들이 주는 사랑과
당신을 잘 알지도 못하는 중요하지 않은 사람들이
주는 상처는 결코 같은 무게일 수 없다.
그러니, 상처는 깃털처럼 날리고 사랑만 남겨라.

김은주 〈1cm〉 중에서

나이를 먹는 것 자체는

그다지 겁나지 않았다.

나이를 먹는 것은 내 책임이 아니다.

그것은 어쩔 수 없는 일이다.

내가 두려웠던 것은,

어떠한 시기에 달성되어야만 할 것이

달성되지 못한 채

그 시기가 지나가 버리고 마는 것이다.

무라카미 하루키 〈먼 북소리〉 중에서

사람이 온다는 건

실은 어마어마한 일이다.

그는

그의 과거

현재와

그리고

그의 미래와 함께 오기 때문이다.

정현종 〈방문객〉 중에서

인생에 올바른 선택은 없다.

먼저 선택을 하고

그것을 올바르게 만드는 것이다.

원희준 〈가만히 생각해 보니 별일 아니었어〉 중에서

자극과 반응 사이에는
생각이 있다.
그리고
자신이 생각하는 각도에 따라
결론을 맺게 되며, 그 결과로
삶의 질이 결정된다.

매트 존슨 〈뇌 과학 마케팅〉 중에서

반가워하고, 설레고, 감탄하는 것은
저절로 우러나오는 감정이 아니다.
의도적으로 선택하고 공부하고
연습해야 하는 일종의 기술이다.

이민규 〈생각의 각도〉 중에서

세상 사람들은 너에 대해
별 관심이 없어.
기억하지도 못할 거야.
모두 다 자기 자신과
사랑하는 사람에게만 충실하지.
그러니까 너도 너만 바라보면 돼.

박병철 〈마음 낙서〉 중에서

변하길 원한다면
어제 하지 않기로 한 행동을
오늘 하지 말아야 한다.
모든 변화는 오늘 할 수 있기 때문이다

글배우 〈모든 순간에 위로를 보낸다〉 중에서

기본이란,
각자가 생각하는 기본이 다 다르다는 사실을
있는 그대로 인정하는 것이다.

정목 〈달팽이가 느려도 늦지 않다〉 중에서

독한 말 한마디를
탁, 뱉고 싶을 때,
입안에서 굴리고 굴리다가
목구멍으로 꿀꺽 넘기는 것은
말에도 씨가 있다는 말.
그 말이 세상 밖으로 튀어 나가
싹이 트고 꽃이 피고 열매 맺어
더 많은 씨 받을까 두려워서네.

박재분 〈아~ 해봐!〉 중에서

밥을 담는 그릇의 핵심은
그릇의 재질이나 형태가 아니라
밥을 담을 수 있는 공간이다.
집의 핵심은 건축 재료나 구조가 아니라
사람이 들어갈 수 있는 빈 공간이다.
금반지의 본질은 금이 아니라
손가락에 낄 수 있는 빈 구멍이다.

오정욱 〈빼기의 법칙〉 중에서

기회가 주어지면
최선을 다하는 것이 아니라
최선을 다하고 있으면
기회가 주어지는 것이다.

고영성 〈일취월장〉 중에서

먹고 싶을 때 먹을 수 있고
자고 싶을 때 잘 수 있으니
나는 정말로 행복하다.
그런데, 이 행복은 바로
먹고 싶을 때 먹지 못하고
자고 싶을 때 자지 못했던
젊음에서 유래된 것이다.

이외수 〈하악하악〉 중에서

질투는

이웃이 가진 걸 자신이 갖지 못해 슬픈 것이고

시기심은

자기가 갖지 못한 걸 이웃이 가지고 있어 슬픈 감정이다.

질투의 초점이 본인에게 있다면

시기심의 초점은 타인에게 있다.

시기심은 언제나 밖을 향한다.

함규정 〈서른 살 감정공부〉 중에서

단 한 번의 실패로

삶이 나락으로 떨어지는 경우는 잘 없다.

그럼에도 불구하고

삶이 실패로 끝나는 경우는

실패가 두려워 더 이상

'실패하기'를 멈추었을 때이다.

설기문 〈너에게 성공을 보낸다〉 중에서

칭찬은 사람이 많은 곳에서,

꾸중은 아무도 없는 곳에서,

자존감과 자존심을 위한 배려

윤생진 〈인생을 바꾼 남자〉 중에서

시간은 그냥 흘러가지 않는다.

무언가를 데려가고

다시 무언가를 데려온다.

좋은 때도, 나쁜 때도

그냥 그렇게 지나가는 게 아니다.

유은정 〈혼자 잘해주고 상처받지 마라〉 중에서

알고 있다고 생각한다면 아직 모르는 것이다.

알면 알수록 몰랐던 부분이 보이기 때문이다.

하나도 모르는 것은 아니지만

모른다고 생각해야 제대로 배울 수 있다.

아무것도 모르겠다고 여기는 마음으로

하나하나 알아갈 때 진정한 앎은 무르익어 간다.

도연 〈내 마음에 글로 붙이는 반창고〉 중에서

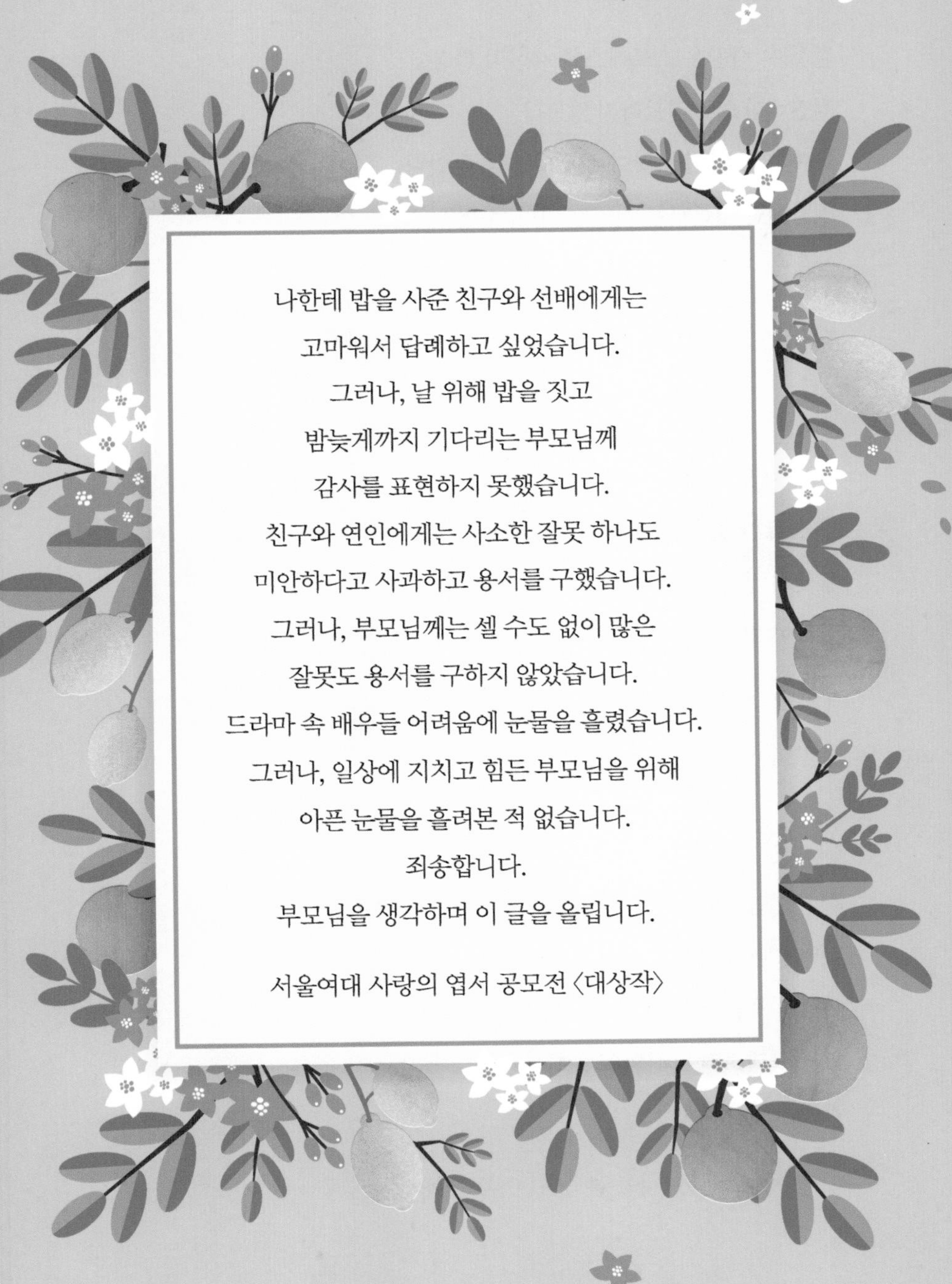

나한테 밥을 사준 친구와 선배에게는
고마워서 답례하고 싶었습니다.
그러나, 날 위해 밥을 짓고
밤늦게까지 기다리는 부모님께
감사를 표현하지 못했습니다.
친구와 연인에게는 사소한 잘못 하나도
미안하다고 사과하고 용서를 구했습니다.
그러나, 부모님께는 셀 수도 없이 많은
잘못도 용서를 구하지 않았습니다.
드라마 속 배우들 어려움에 눈물을 흘렸습니다.
그러나, 일상에 지치고 힘든 부모님을 위해
아픈 눈물을 흘려본 적 없습니다.
죄송합니다.
부모님을 생각하며 이 글을 올립니다.

서울여대 사랑의 엽서 공모전 〈대상작〉

잘 배운 사람은 스트레스를 자신의 한정된
정신력만으로 극복하지 않는다.
늘 현명한 방법을 찾아내어 활용할 줄 안다.
멘탈에만 의존하는 것이 아니라, 주변 환경과
상황을 마치 도구처럼 똑똑하게 이용하는 것이다.

김다슬 〈기분을 관리하면 인생이 관리된다〉 중에서

언제 어떻게 말하는지 배우는 것도 중요하지만
더 중요한 것은, 언제 어떻게 침묵해야 하는가다.
잘못된 생각을 드러내는 두 가지 행동은
말해야 할 때 침묵하는 것,
그리고 침묵해야 할 때 말하는 것이다.

톨스토이 〈살아갈 날들을 위한 공부〉 중에서

자기 존중감이 높은 사람들은
타인보다 우월한 자신의 모습에서
어떤 기쁨을 찾는 것이 아니라
있는 그대로의 자신의 모습에서
기쁨을 찾는다.

나사니엘 브랜든 〈나를 존중하는 삶〉 중에서

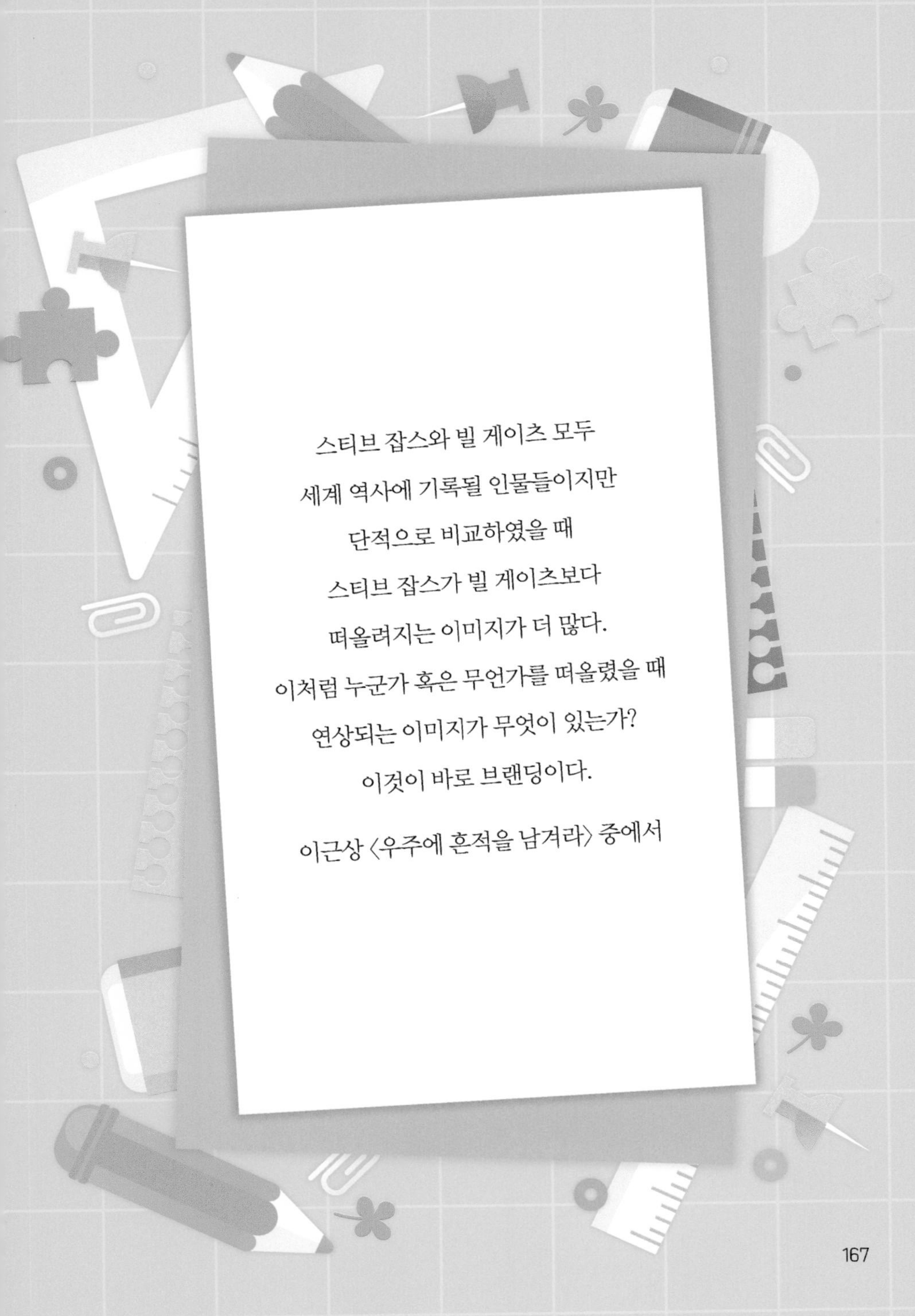

스티브 잡스와 빌 게이츠 모두
세계 역사에 기록될 인물들이지만
단적으로 비교하였을 때
스티브 잡스가 빌 게이츠보다
떠올려지는 이미지가 더 많다.
이처럼 누군가 혹은 무언가를 떠올렸을 때
연상되는 이미지가 무엇이 있는가?
이것이 바로 브랜딩이다.

이근상 〈우주에 흔적을 남겨라〉 중에서

세상이 아무리 바빠도

그대 마음이 고요하면 세상도 고요하다.

쉬고 싶을 때 쉬어라.

무슨 일에 곧 죽을 것 같지만

사람 그리 쉽게 죽지 않는다.

쉬어가라

세상 그리 바쁘지 않다.

허허당 〈그대 속눈썹에 걸린 세상〉 중에서

어제의 비 때문에

오늘까지 젖어 있지 말고

내일의 비 때문에

오늘부터 우산을 펴지 마라

이수경 〈낯선 것들과 마주하기〉 중에서

있다고 다 보여주지 말고

안다고 다 말하지 말고

가졌다고 다 빌려주지 말고

들었다고 다 믿지 마라.

윌리엄 셰익스피어 〈리어 왕〉 중에서

안 될 거야.

그게 쉽니?

그런데 놀랍게도, 아무도 자기가 그런 말을

했다는 사실을 기억하지 못했다.

남 이야기를 듣고 내 계획을 그만두는 것만큼

바보 같은 행동은 없다.

사람들의 말에는 아무런 힘이 없다.

진짜 힘은 내 마음의 변화에서 온다.

김재식 〈나로서 충분히 괜찮은 사람〉 중에서

가족이나 친구가 어떤 일에 대해 짜증 낼 때

상황의 잘잘못을 따지며

조언하거나 가르치려 하지 마세요.

그냥 그의 편을 들어 주세요

나에게 투덜대고 짜증 내는 것은

내 편에 서서 위로해 달라는 뜻입니다.

신준모 〈어떤 하루〉 중에서

말이 생각보다 앞서지 않도록 하라.
편파적인 말은 마음을 가리고
늘어놓는 말에는 함정이 있으며
변명하는 말은 궁지에 몰려 있음이다.
덕이 있는 사람은 말 또한 훌륭하지만
말이 훌륭한 사람이라 하여 반드시
덕이 있지는 않다.

곽광택 〈오늘 생각해서 내일 말하라〉 중에서

모든 선택에는 정답과 오답이 공존한다.
지혜로운 사람은 선택한 다음에
그걸 정답으로 만들어 내는 것이고
어리석은 사람은 그걸 선택하고
후회하면서 오답으로 만든다.

박웅현 〈여덟 단어〉 중에서

자신에 대한 판단이 상처가 된다면
그것은 자책이고
자신에 대한 판단이 반성이 된다면
그것은 자기 성찰입니다.

신문곤 〈생각을 뒤집으면 인생이 즐겁다〉 중에서

선수는 기존의 것을 과감히 버릴 줄 안다.

물 들어올 때 노 젓자는 표현을 쓴다.

그럼 반대는 뭘까?

물이 빠질 때 배를 버리는 일이다.

배를 버리는 일은 포기가 아니다.

물 들어오는 순간은 누구나 알 수 있으나

반대의 상황은 알아도 인정하지 않는다.

선수는 성공 확률이 높은 사람이 아니라

실패 확률이 낮은 사람이다.

김우정 〈기획자의 생각식당〉 중에서

흡족(族)한 상태란

자신의 기준으로 판단했을 때의 충만함을 의미한다.

타인의 시선을 의식하는 사람들은 남을 흡족하게

할 수는 있어도 자신을 흡족하게 할 수 없다.

우리의 삶이 만족스럽기는 해도 그리 흡족하지 않은

이유는 타인의 기준을 버리지 못하고 있기 때문이다.

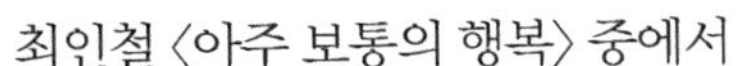

최인철 〈아주 보통의 행복〉 중에서

다양한 사람을 만나라는 말은
아무나 만나라는 뜻이 아니다.
관계를 소중히 여기는 사람
인연을 귀하게 여기는 사람
그런 사람과 관계를 맺어야 한다.
인연을 쉬이 여기면
스스로에게 상처가 되어 돌아올 수 있다.

전승환 〈행복해지는 연습을 해요〉 중에서

말을 의미하는 한자 言(언)에는
묘한 뜻이 숨어 있다.
二(두)번 생각한 다음에 口(입)을 열어야
비로소 言(말)이 된다는 것이다.
사람에게 품격이 있듯 말에도 나름의 품격이 있다.
그것이 바로 言品(언품)이다.

이기주 〈사랑은 내 시간을 기꺼이 건네주는 것이다〉 중에서

하수는 제힘을 다하고
중수는 남의 힘을 이용하며
고수는 남의 지혜를 이용한다.
상대의 능력을 '빌리는 법'에 대해
잘 이해하는 사람이 성공한다.

자오모 자오레이 〈인생에 한 번은 유대인처럼〉 중에서

쌓은 사람은 안다.

그 높이를

허문 사람은 안다.

그 두께를

김부조 〈벽〉 중에서

세상에 완벽한 사람은 없다.

오직 자신의 부족함을 잘 아는 사람과

잘 모르고 있는 사람만 있을 뿐이다.

혜민 〈멈추면 비로소 보이는 것들〉 중에서

인생은 레벨 업만 필요한 것이 아니라

넓게 보이는 스펙트럼도 필요하다.

위만 바라보면 좁아질 수 있는 시야를

넓어진 안목이 보완해야 하기 때문이다.

김하나 〈말하기를 말하기〉 중에서

죄는 처음에는 한 번 찾아온 손님이었다가

자주 찾아오는 손님이 되고

나중에는 집주인이 되고 만다.

그래서 애초에 외면해야 하는 것이다.

레프 톨스토이 〈살아갈 날들을 위한 공부〉 중에서

조건이 갖추어지지 않아서 하지 못하는 사람은

조건이 갖추어져도 하지 않는다.

왜냐하면

조건이 갖추어지면 한다는 사람은

지금은 안 한다는 선택을 하고 있기 때문이다.

시미즈 다이키 〈애쓰지 않아도 괜찮다〉 중에서

낯을 가리지 않는 개그맨을 본 적이 없다.
마음속 어둠을 삼켜 본 적 없는
심리상담사를 본 적이 없다.
사람에게 상처를 받아 본 적 없는
원만한 인간관계를 본 적이 없다.

김미경 〈이 한마디가 나를 살렸다〉 중에서

자기만의 세계는 이동성이 있다.
밖으로 더 확장하려 하고 안으로 더 깊어진다.
고정되어 있지 않고 안팎으로 움직인다.
움직임에는 방향이 있게 마련이고,
그 방향을 만들어가는 것이
바로 그 사람의 관심사다.

문요한 〈관계를 읽는 시간〉 중에서

보여줄 게 없는 사람일수록
보여줘야 하는 이력서가 길다.
내세울 것 없는 사람일수록
누군지도 모르는 아는 사람 자랑이 길다.
자존감이 낮은 사람일수록
자신을 포장하는 게 중요하기 때문이다.

강신주 〈감정수업〉 중에서

항상 해 왔던 것을 하면 항상 얻었던 것을 얻게 된다.
익숙한 것이 편하다고 해서 마냥 그것에 머물면
그 익숙한 것들이 독이 되고 쇠사슬이 될 수 있다.
인생에서 가장 큰 위험은 전혀 위험을 감수하지 못하는
미숙한 상태에 발생하기 때문이다.

제이슨 솅커 〈코로나 이후의 세계〉 중에서

상처받은 것에 대해 보상받으려 하지 말고
상처 준 사람에게 복수하려고 하지 마라.
상처에 대한 보상이나 복수보다
상처받은 것으로부터 자유로워져라.
그것이 자신을 위한 온전한 평온함이다.

김재식 〈사랑한다고 상처를 허락하지 말 것〉 중에서

모멸감을 견디기 위해서는 힘이 필요하고
그것을 중단시키기 위해서는 용기가 필요하다.
자신의 감정을 숨기기 위해서는 힘이 필요하고
그것을 표현하기 위해서는 용기가 필요하다.

류시화 〈사랑하라 한 번도 상처받지 않은 것처럼〉 중에서 건물은 높아졌지만 인격은 더 작아졌다.
도로는 넓어졌지만 시야는 더 좁아졌다.
집은 커졌지만 가족은 적어지고
학력은 높아졌지만 상식은 부족하며
지식은 많아졌지만 판단력은 모자란다.
약은 많아졌는데 건강은 더 나빠졌고
전문가들은 분야별로 늘어났는데
문제가 더 많아지는 건 왜 그런 걸까?

민이언 〈우리 시대의 역설〉 중에서

큰방이 큰방인 것은
곁에 작은방이 있기 때문이다.
작은방이 사라지는 순간
큰방은 단칸방이 된다.

정철 〈카피책〉 중에서

누군가는 해야 하지만
서로 하기 싫어하며 미루는 일
그걸 나서서 했을 때 남는 게 크다.
그것이 일의 ROI(Return on Investment)이다.

이어진 〈가장 보통의 감성〉 중에서

낙타에게 물었다.

오르막이 좋으냐? 내리막이 좋으냐?

낙타가 답했다.

오르막이냐 내리막이냐는 문제가 아니다.

중요한 것은 등에 진 짐이다.

인생도 어떤 모습으로 살고 있느냐보다

어떤 마음으로 사느냐가 중요할 때가 많다.

마음의 짐이 무거우면 인생길이 힘들기에

욕망을 가볍게 하는 게 삶의 우선이다.

현진 〈언젠가는 지나간다〉 중에서

답이 없는 문제는 없다.

문제와 떨어져 문제를 해결할 수 없다.

답을 찾는 과정은

문제가 있는 곳에서부터 시작해야 한다.

문제가 어렵다고 문제를 피하면

결코 답을 찾을 수 없다.

문제와 대결하려면

문제 속으로 뛰어들어야 한다.

박종평 〈흔들리는 마흔, 이순신을 만나다〉 중에서

나침반 바늘은 정확한 방향을

가리키기 전에 항상 흔들린다.

인생도 마찬가지다.

지금 흔들리고 있다면 걱정할 필요는 없다.

언젠가는 바른 방향을 가리키게 될 것이니까.

김은주 〈달팽이 안에 달〉 중에서

앞만 보고 살다 보면 놓칠 수 있으니

한 번쯤은 꼭 돌아봐야 한다.

지금 서 있는 여기가 맞는 곳인지

내가 오고 싶었던 곳인지

앞으로도 머물고 싶은 곳인지

이소연 〈지금 저지르지 않으면 후회할 일들〉 중에서

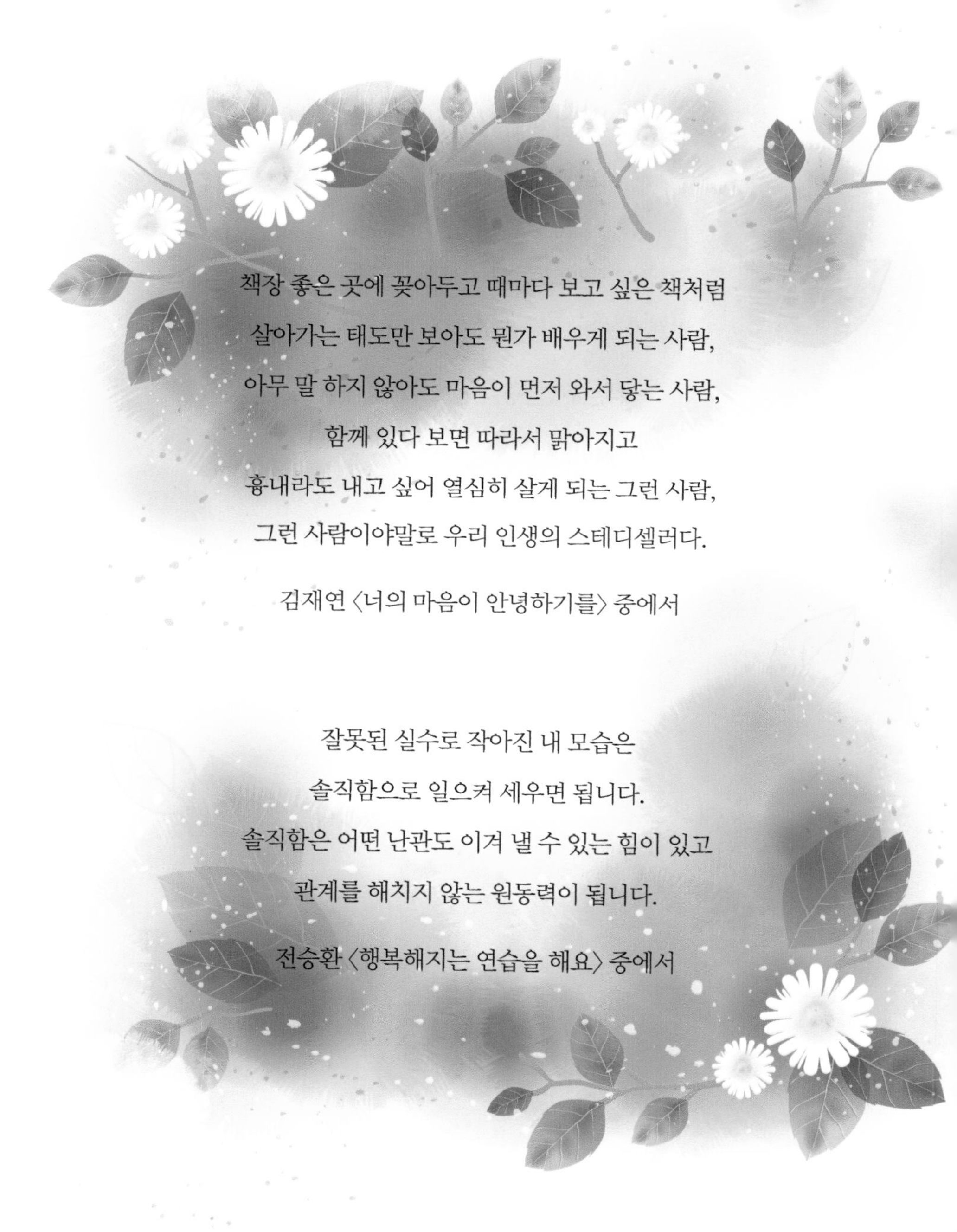

책장 좋은 곳에 꽂아두고 때마다 보고 싶은 책처럼
살아가는 태도만 보아도 뭔가 배우게 되는 사람,
아무 말 하지 않아도 마음이 먼저 와서 닿는 사람,
함께 있다 보면 따라서 맑아지고
흉내라도 내고 싶어 열심히 살게 되는 그런 사람,
그런 사람이야말로 우리 인생의 스테디셀러다.

김재연 〈너의 마음이 안녕하기를〉 중에서

잘못된 실수로 작아진 내 모습은
솔직함으로 일으켜 세우면 됩니다.
솔직함은 어떤 난관도 이겨 낼 수 있는 힘이 있고
관계를 해치지 않는 원동력이 됩니다.

전승환 〈행복해지는 연습을 해요〉 중에서

다른 사람과 다르게 사고하면

그들이 보지 못한 것을 보게 된다.

그것이 성공으로 가는 첫걸음이다.

만약, 주변 사람들이 자신의 생각을

무시하거나 비웃는다면

큰 기회를 잡았다고 생각하면 된다.

지금까지 다른 사람과 똑같이 행동해서

성공한 사람은 단 1명도 없었기 때문이다.

짐 로저스 〈세계에서 가장 자극적인 나라〉 중에서

안구 하나 이식하는 데 1억 원

신장을 이식하는 데 3천만 원

심장을 이식하는 데 50억 원

간을 이식하는 데 7천만 원

팔, 다리가 없어 의수와 의족을

끼려면 더 많은 돈이 든다.

지금! 두 눈을 뜨고, 두 다리로 건강하게

걸어 다니는 사람은 몸에 51억이 넘는

자산을 지니고 다니는 것이다.

평화로운 일상에 감사하자!

박완서 〈일상의 기적〉 중에서

속도를 너무 늦춘 독수리는
먹이에게 피할 수 있는 시간을 주어
사흘도 못 가 굶어 죽고 만다.
속도를 너무 높인 모기는
먹이를 보고도 그냥 지나칠 수밖에 없어
사흘도 못 가 굶어 죽고 만다.
독수리는 독수리의 속도
모기는 모기의 속도
나는 내 속도!

김종운 〈인간관계 심리학〉 중에서

'포트폴리오 커리어 시대'란
2가지 또는 그 이상의 영역에서 일하는 사람들이
늘어나는 현상을 말한다.
'멀티 커리어리즘(Multi careerism)'과도 연결되며
이런 포트폴리오 커리어는 하나의 직무만으로
평생 먹고살기 힘들다는 현실적 미래를 시사한다.

이광호 〈아이에게 동사형 꿈을 꾸게 하라〉 중에서

병뚜껑이 병보다 비싼 거 알아?

그래?

병보다 훨씬 작은 병뚜껑이 더 비싸.

근데 왜 병뚜껑이 병보다 비싸?

바보.

지켜주잖아.

뭘?

병 속에 담겨 있는 걸.

원태연 〈그런 사람 또 없습니다〉 중에서

"이틀 비 오면, 다음 날은 비가 안 와.

살면서 사흘 내내 비가 오는 거 못 봤어."

삶의 짙은 경험에서 우러나온 어르신의 말.

슬픔도 기쁨도 오래가지 않는다는 뜻입니다.

사실

내일 비가 오는 것은 오늘 비가 온 것과

별개의 일입니다.

반은섭 〈인생도 미분이 될까요〉 중에서

친하다고 생각될수록
사소한 것도 공유하고 싶고, 참견도 쉬워진다.
하지만 모든 사람은 자기만의 영역이 존재한다.
그 영역에 누군가 예고도 없이 불쑥 들어온다면
마치 처음 보는 사람이 "네 신체의 비밀이 뭐야?"
라고 물었을 때 느끼는 당혹스러움을 경험할 것이다.

김혜령 〈불안이라는 위안〉 중에서

자기다움이란
'자기 성격다움'이다.
그래서 자기다운 삶이란 한마디로
자기 성격대로 사는 것이다.
그러나, 자기 성격대로 사는 것이
자기 마음대로 사는 것과는 다른 의미이다.

류지연 〈성격이 자본이다〉 중에서

바뀌지 않는 것을
바꾸려고 노력하기보다는
내가 할 수 있는 만큼
맞추면서 살면 편하다.
나도 스스로 변하지 못하면서
남을 바꾸려고 애쓰면서 사는 건
이기적인 거였다.

김재식 〈좋은 사람에게만 좋은 사람이면 돼〉 중에서

이 세상에서 영원한 것은 아무것도 없다.
어떤 어려운 일도
어떤 즐거운 일도 영원하지 않다.
모두가 한때이다.
자신이 지니고 있는 직위나 돈, 재능이
중요한 것이 아니다.
어떤 일을 하며, 어떻게 살고 있는가에 따라
삶의 가치가 결정된다.

법정 〈잠언집 365〉 중에서

지도력을 가지려면 반드시 문화를 알아야 한다.
그 사람만 보면 즐겁고
그 사람이 말하면 어려운 일도 함께하고 싶은 것.
이렇게 절로 우러나오는 힘은
금전과 권력이 현실인 것처럼 보이는 이 세상에서도
돈과 권력으로 안 되는 일이 있다는 것을 가르쳐 준다.

이어령 〈우물을 파는 사람들〉 중에서

늘 좋은 성과를 내는 사람은
질 것 같은 싸움에는 아예 들어가지 않는다.
이기는 싸움에만 들어간다는 것은
목표를 이루기 위해 자신이 해야 할 일과
하지 말아야 할 일을 정확하게 안다는 것이다.

전옥표 〈빅 픽처를 그려라〉 중에서

아무리 힘주어 말을 해도 감동이 없는 사람과
입술만 살짝 움직여도 감동이 있는 사람이 있다.
진심은 몸이 먼저 말한다.

허허당 〈바람에게 물으니 네 멋대로 가라 한다〉 중에서

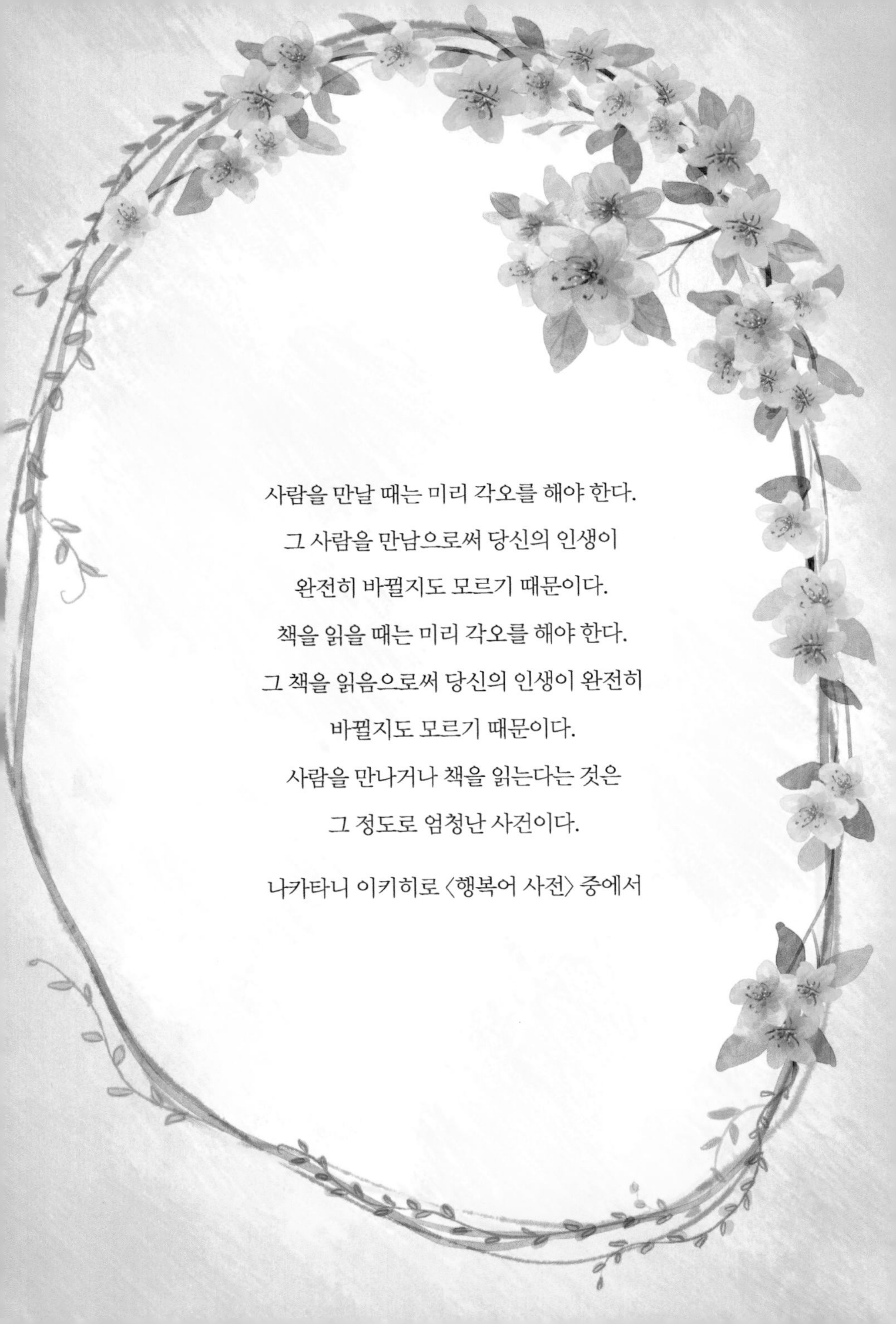
사람을 만날 때는 미리 각오를 해야 한다.
그 사람을 만남으로써 당신의 인생이
완전히 바뀔지도 모르기 때문이다.
책을 읽을 때는 미리 각오를 해야 한다.
그 책을 읽음으로써 당신의 인생이 완전히
바뀔지도 모르기 때문이다.
사람을 만나거나 책을 읽는다는 것은
그 정도로 엄청난 사건이다.
나카타니 이키히로 〈행복어 사전〉 중에서

토끼와 거북이의 경주에서
거북이가 이길 수밖에 없는 이유는
토끼는 경쟁 상대를 보고 경주를 시작했지만
거북이는 목표를 향해 달렸기 때문이다.

김수민 〈너에게 하고 싶은 말〉 중에서

멋지게 나의 인생을
역전하고 싶은 마음이 있다면
단숨에 확 뒤집는 것도 중요하지만
멀리 가는 것도
안전하게 도착하는 것도
과정을 즐기는 것도 중요하다.

김나위 〈나에게 오늘을 선물합니다〉 중에서

누구나 외롭다.
누구나 힘들다.
다들 아닌 척 살아갈 뿐이다.

신준모 〈어떤 하루〉 중에서

상대방이 별 뜻 없이 한 말에

끙끙대며 앓지 않으려면

그냥 그 말을 듣고 끝내면 된다.

대부분의 오해는

상대의 의도를 자기 식대로

자기의 느낌이나 기분에 맞춰

넘겨짚는 것에서 비롯된다.

관계에 있어서

확대 해석은 독이다.

최서영 〈잘될 수밖에 없는 너에게〉 중에서

인연은 결국

누가 누구를 더 지켜내느냐의

문제로 결부된다.

변하지 않기 위해 노력하는 것.

변하지 않도록 지켜주는 것.

그것이

인연을 잃지 않기 위한

첫 번째 원칙이다.

전승환 〈나에게 고맙다〉 중에서

미래의 짐을 지고 사는 사람과
오늘의 짐만 지고
그날그날 해결하며 사는 사람
당신은 어느 쪽인가
미래의 짐까지 오늘 지면서
너무 힘들어하지 않는가
미리 가불해서 힘들어할 이유가 없다.
조금씩 가벼워지는 것을 택하자
내일의 숙제를 내일 하는 것도 지혜다.

조미하 〈마음의 짐〉 중에서

집중해서 하는 일은
일 자체가 즐겁고
집착해서 하는 일은
일 자체가 고통이다.
집중은 늘 새로운 것에 대한 것이고
집착은 늘 지나간 것에 대한 것이다.
창조적인 사람은 무엇이든
집착하지 않고 집중해서 산다.

허허당 〈바람에게 물으니 네 멋대로 가라 한다〉 중에서

내가 나를 소중히 대하지 않는다면

그 누구도 나를 소중하게 여기지 못한다.

스스로 깎아내리는 데 익숙해지거나

겸손이 과해져

나를 낮춰서도 안 되는 일이다.

전승환 〈나에게 고맙다〉 중에서

마음은 거미와 같다.

거미는 틈만 나면 모든 것을 얽어맨다.

그러고는 거미줄에 걸린 대상 때문에

자신이 그곳에서

벗어날 수 없다고 한탄한다.

마크 네포 〈고요함이 들려주는 것들〉 중에서

배려는 상대가 원하는

것을 주는 것이다.

그리고, 배려는

받기 전에 먼저 주는 것이다.

한상복 〈배려〉 중에서

종이비행기를 날리면
뜨긴 뜨는데 날지는 못해요.
뜨는 건 뭐고 나는 건 뭘까요?
뜨는 것은 바람에, 공기에 뜨는 거니까
자기가 가고 싶은 데로 갈 수 없어요.
나는 것은 자기 날개를 달고
자기가 가고 싶은 데를 향해서
목표를 향해서 가는 거예요.

이어령 유고집 〈작별〉 중에서

주어진 하루는

대단한 무언가를 이루지 않았을지라도

가만히 서 있는 것처럼 보일지라도

힘겨웠던 순간들과 버거웠던 감정들을

온 힘을 다해 삶 속에서 지켜낸 소중한 증거이다.

김수현 〈나는 나로 살기로 했다〉 중에서

확신이 담긴 질문은 갈등을 만들지만

화났구나?

염려가 담긴 질문은 해결의 실마리가 된다.

서운한 거 있니?

야마구치 마유 〈7번 읽기 공부 실천법〉 중에서

어떤 순간이든 우리에겐 2가지 선택지가 있다.

성장을 위해 앞으로 나아가거나

아니면 안정을 위해 뒤로 물러나거나

그러니 타인을 의식할 이유가 없다.

법정 〈스스로 행복하라〉 중에서

위대한 사람에겐

그를 믿어 준 사람이 있다.

당신에게도 그런 사람이 있는가?

이민규 〈끌리는 사람은 1%가 다르다〉 중에서

황새는 날아서

말은 뛰어서

거북이는 걸어서

달팽이는 기어서

굼벵이는 굴렀는데

한날한시 새해 첫날에 도착했다.

바위는 앉은 채로 도착해 있었다.

반칠환 〈새해 첫 기적〉 중에서

좋은 친구를 찾지 말고

좋은 친구가 되자.

좋은 조건을 찾지 말고

좋은 조건을 갖춘 사람이 되자.

좋은 사람을 찾지 말고

좋은 사람이 되어 있자.

좋은 하루가 되길 바라지 말고

좋은 하루를 만들어 보자.

고필경 〈삶의 향기〉 중에서

섭섭한 감정을 자주 말하는 사람은

사소한 일에도 잘 삐치는 소심한 사람이 아니라

사소한 감정이 쌓여서 관계가 어긋나는 일을

예방할 수 있는 섬세한 사람일 수 있다.

박상미 〈마음아, 넌 누구니〉 중에서

그러니까 감사

그럼에도 감사

그럴수록 감사

그것까지 감사

박완서 〈일상의 기적〉 중에서

자기 관리를 제대로 하려면

바깥 소리에 팔릴 게 아니라

자신의 소리에 귀를 기울여야 한다.

진정한 스승은 내 안에 깃들여 있다.

자신의 삶에 충실한 사람만이

자기 자신을 제대로 관리할 수 있는 이유다.

당신은 당신 자신을 어떻게 관리하고 있는가?

법정 〈오두막 편지〉 중에서

상처를 받은 사람이

다른 사람에게 상처를 주는 속성이 있다.

그래서 상처는

선순환이 아니라 악순환되는 부정적 감정이다.

때문에 상처는 아물기를 기다리는 대신

신속하게 치유하고 회복하는 탄력을 키워야 한다.

이태연 〈인간관계 심리학〉 중에서

자신에게 절대로 해선 안 되는 행동

자신을 동정하는 것이다.

자신의 삶을 불쌍하게 바라보는 건

자신이 계속해서 그 자리에 머물 것이라

단정했다는 결론이기 때문이다.

정한경 〈안녕, 소중한 사람〉 중에서

망설이면 미루고, 미루면 놓치게 된다.

이런 습관이 반복되면,

꼭 필요한 일, 옳은 일,

반드시 붙잡아야 할 사람도 놓칠 수 있다.

'용기'의 첫 번째 적은 '망설임'이다.

팡차오후이 〈나를 지켜낸다는 것〉 중에서

진짜 잘하는 사람은 가진 것을 공유한다.

그러면, 그 사람은

또 다른 차원으로 넘어가기 때문이다.

그것이 지식의 선순환이다.

이승희 〈별게 다 영감〉 중에서

슬럼프와 외로움은,
'나만 겪고 있다'는 생각에서 드는 감정이다.
이럴 때, 누구나 겪을 수 있는 일이라 생각해
특별한 개인적 문제로 받아들이지 않으면
자신의 고통이 열린 마음으로 보여지고
위축된 자신을 회복할 수 있게 해준다.
이것을 '인간보편성(Common Humanity)'이라 한다.

변지영 〈내 마음을 읽는 시간〉 중에서

주변을 의식해서 열등감이 들 때는
경주하지 말고 조깅하라.
백 미터 달리기인지, 마라톤인지
아무도 모르는데
조급해하지 말고 천천히
마음의 속도를 조깅으로 바꿔라.

원희준 〈가만히 생각해 보니 별일 아니었어〉 중에서

온기를 담아 말하는 것에 익숙해지면

따뜻한 말을 사용하는 사람이 주변에 남는다.

그렇게 삶은 점점 물들어 가는 것이다.

달밑 〈모두를 이해하지 않아도 다 껴안을 필요도〉 중에서

거절해야 할 때는

애매하게 거절하지 않는다.

억지로 들어주지 않는다.

이유와 대안을 제시한다.

이 세 가지를 명심해야 한다.

오쿠시 아유미 〈일 잘하는 사람보다 말 잘하는 사람이 이긴다〉 중에서

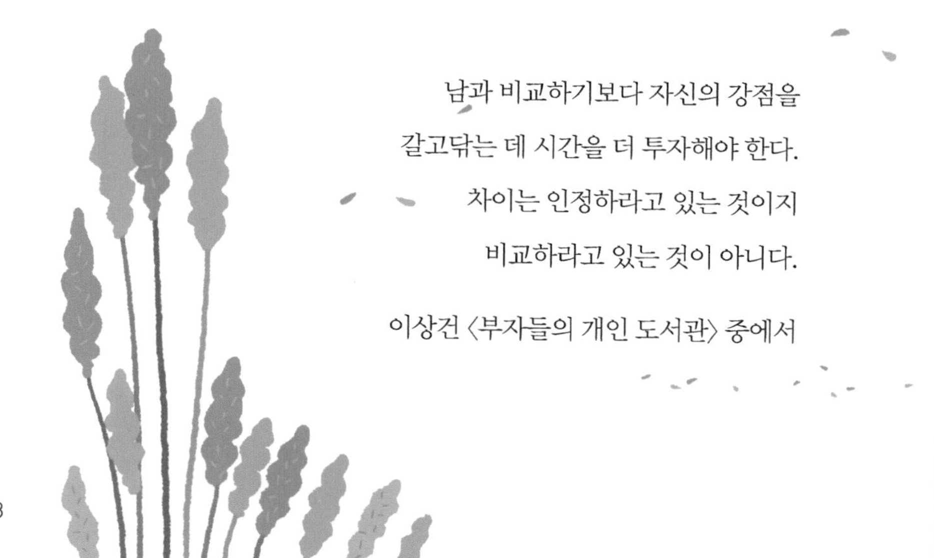

남과 비교하기보다 자신의 강점을

갈고닦는 데 시간을 더 투자해야 한다.

차이는 인정하라고 있는 것이지

비교하라고 있는 것이 아니다.

이상건 〈부자들의 개인 도서관〉 중에서

"우리는 책을 팔지 않는다. 라이프 스타일을 판다."
요리책을 사러 갔다가 프라이팬을 사 온다는
일본의 츠타야 서점
라이프 스타일을 구성하는 각각을 취급하는 것이 아니라
스타일 자체를 기획하고 제안하는 미래를 제시했다.

마스다 무네아키 〈라이프 스타일을 팔다〉 중에서

진정으로 잘난 사람은
자기 계발하고 주위 사람을 챙기기에도
시간이 부족하므로 타인한테 별 관심이 없다.
못난 사람은 열등감이 가득해서
본인의 가장 귀한 재산인 시간을
타인의 험담으로 채우는 우매한 짓을 한다.

김다슬 〈기분을 관리하면 인생이 관리된다〉 중에서

내가 진정 무엇을 원하는지를 깨달아야 하고,
나에게 부족한 것이 무엇인지를 알아야 하지만
우리는 먼저
내가 이미 가지고 있는 소중한 것이 무엇인지를
알아야 한다.

정여울 〈그때 알았더라면 좋았을 것들〉 중에서

자아 중심성이 강한 지배형 사람들은

자신감이 가득해 보이지만 실상은

대인관계에서

상대에게 끊임없는 인정과 찬사를 받거나

끊임없이 상대를 깎아내림으로써

자신의 우월감을 확인한다.

문요한 〈관계를 읽는 시간〉 중에서

붓이 잘 나가지 않는 건

먹이 뻑뻑한 탓이야

그럼 물을 섞어야 해

먹이 연해지면서

붓이 잘 나가기 시작하지

나에겐 무얼 섞어야

연해질 것인가.

조용연 〈연해진다는 것〉 중에서

돌담에 필요 없는 돌이 있던가?

모난 돌은 모난 곳에
둥근 돌은 둥근 곳에
뾰족한 돌도 쓸모가 있더라

제멋대로 생겼어도
다 제자리가 있더라

돌담이 아름다운 것은
함께 기대어 견디기 때문은 아닐런지

최상만 〈돌담〉 중에서

'서투름'은 '능숙함'의 전 단계일 뿐,

전혀 다른 길에 놓인 낭떠러지가 아니다.

누군가의 지적질에 위축되어 있다면

미숙하다와 성장하고 있는 중

두 개가 같은 의미임을 기억하라.

레이 크록 〈사업을 한다는 것〉 중에서

칭찬받는다고 해서 내가 달라지는 건 아니다.

칭찬받았다고 해서

나의 실체에 변화가 생기는 것이 아니듯,

비방당했다고 해서

나의 본질이 훼손되는 일도 절대 없다.

소노 아야코 〈약간의 거리를 둔다〉 중에서

사는(buy) 것이 달라지면

사는(live) 것도 달라진다.

행복한 사람들이 다르게 사는(live)

이유는 사는(buy) 것이 다르기 때문이다.

행복을 아는 사람일수록

소유보다는 경험을 사는(buy) 사람이다.

최인철 〈굿 라이프〉 중에서

마음이 삐뚤어져 있으면

보는 것도 바로 볼 수 없고,

마음에 욕심이 가득 차 있으면,

눈앞에 있는 것도 보이지 않는다.

가장 위험한 사람은,

자신의 판단을 확신하는 사람이다.

미야모토 무사시 〈오륜서〉 중에서

나는 책꽂이에서 책 한 권을 꺼내 읽었다.

그리고 그 책을 다시 꽂아 놓았다.

하지만, 그때의 나는 이미

조금 전의 내가 아니었다.

이민규 〈생각의 각도〉 중에서

생각을 조심하라, 말이 된다.

말을 조심하라, 습관이 된다.

습관을 조심하라, 성격이 된다.

성격을 조심하라, 운명이 된다.

우리가 생각하는 대로, 우리는 실현된다.

이정일 〈오래된 비밀〉 중에서

내가 지금 가지지 못한 것에 집중하면

인생은 결핍이 되지만

내가 이미 가지고 있는 것에 집중하면

인생은 감사함이 된다.

혜민 〈고요할수록 밝아지는 것들〉 중에서

타인을 오해하지 않기 위해 필요한 건

타인에 대해 더 많이 아는 게 아니라

자신의 무지에 대해 아는 것이다.

김수현 〈180도〉 중에서

'인생'을 산이 아닌 들판이라고 생각하고 싶다.

꼭 오르지 않아도 되고 평탄하게 걸어만 가도 되는

그저 내가 원하는 방향으로 걷고, 뛰고, 구를 수 있는

내 삶을 평지 위에 놔둬도 된다는 걸

최근에야 알면서 비로소 경쟁심이 사라졌다.

윤지 〈나는 하버드에서도 책을 읽습니다〉 중에서

같은 위치

같은 크기의 점을

긍정적인 사람은 매력점으로 만들고

부정적인 사람은 콤플렉스로 만든다.

변지영 〈좋은 것들은 우연히 온다〉 중에서

당연한 연락

당연한 만남

당연한 관심

당연한 배려

세상에 당연한 것은 없습니다.

모두 고마운 것들이죠.

잊지 마세요

옆에 있는 당연한 사람에게

고맙다고 말하는 것을.

글배우 〈아무것도 아닌 지금은 없다〉 중에서

살면서 3無를 살펴야 한다.
의욕 없이 무기력한 상태,
무슨 일에도 관심 없는 상태,
어떤 일에도 감동받지 않는 상태,
바로 감성 치유가 필요한
감수성을 잃어버린 상태다.

강윤희 〈나를 찾아가는 감성 치유〉 중에서

선인지 악인지 판단하려면
상대방에게까지 이로워야 선이 된다.
의도는 선하다고 해도
상대방의 처지와 심정을 헤아리지 않으면
내 지적질이 상대에게 선이 되지 못함이다.

윤홍식 〈올바른 지적질 하는 법〉 중에서

인간의 노화는
지력이나, 능력이나, 체력에 앞서
우선 감정에서부터 시작된다.
마음이 늙지 않아야 노화가 더디다.

와다 히데키 〈감정부터 늙어간다〉 중에서

모든 삶이 정각에 출발하는 건 아니다.

모든 삶이 정각에 도착하는 것도 아니다.

때로는 늦어지고, 때로는 쉬워졌음에

흔들리면 이미 진 것이다.

칼 필레머 〈내가 알고 있는 걸 당신도 알게 된다면〉 중에서

빠르게 가고 싶다면

일은 원인부터

공부는 기초부터

사랑은 나부터

만남은 작은 것부터

시작해야 한다.

정영욱 〈나를 사랑하는 연습〉 중에서

좋은 인간관계란

친절함과 무게감을 교대로 상대에게

사용하며 구축해 나갈 수 있어야 한다.

친절함은 상대방과 관계를 맺기 위함이고

무게감이란 상대방의 통제에서 벗어나기 위함이다.

Joe 〈휘둘리지 않는 말투, 거리감 두는 말씨〉 중에서

사사건건 따지고 드는 후배에게
지켜보던 선배가 묻는다.
"명석함과 지혜로움의 차이를 아니?"
"잘 모르겠는데요."
"선배의 말에서 오류를 찾아내는 건 명석함이고
그걸 입 밖으로 꺼내지 않는 건 지혜로움이야."

김진배 〈유쾌한 유머〉 중에서

할 수 없는 일을 붙잡고 끙끙 앓지 마시고
지금 할 수 있는 일을 우선하세요.
할 수 없는 일을 붙잡고 고민하느라
정작 지금 할 수 있는 일조차 해결하지 못하고
미루는 경우가 참 많거든요

신준모 〈어떤 하루〉 중에서

느낌표(!)를 구부리면 물음표(?)

물음표(?)를 곧게 펴면 느낌표(!)

구부렸다 폈다 반복하다 보면

닳아 없어진 인생은 어느새 마침표(.)

그래서 가끔은 필요한 쉼표(,)

정철 〈생각을 뒤집는 인생사전 101〉 중에서

박막례 할머니의 인생이 녹아 있는 명언 한마디

"왜 남한테 장단을 맞추려고 하나?

북 치고 장구 치고 너 하고 싶은 대로 치다 보면

그 장단에 맞추고 싶은 사람들이 와서 춤추는 거여."

그래, 삶의 기준은 '너'가 아니라 '나'여야 함이다.

강미은 〈사려 깊은 말 한마디면 충분하다〉 중에서

병실에 누운 사람들이 가장 후회하는 것
자신을 사랑할 걸 그랬다
자신을 공경할 걸 그랬다
자신에게 함부로 이야기하지 말 걸 그랬다
자신을 함부로 대하지 말 걸 그랬다.

신지혜 〈내가 고맙다〉 중에서

아이디어는
가끔 적군이 매설한 지뢰처럼 밟힌다.
어떤 주제로 대화를 나누다가 곁길로 새는 경험을 해보면
그로 인해 김이 빠지기도 하고, 새로운 세계를 보기도 한다.
그래서 어떤 경우도 상대의 언어를 자르면 안 된다.

고경태 〈굿바이 편집장〉 중에서

나는 타인에게 별생각 없이 건넨 말이
내가 그들에게 남긴 유언이 될 수 있다고 믿는다.
그래서 같은 말이라도 조금 따뜻하고 온화하게
해야 할 이유는 충분했다.

장샤오헝 〈세상에서 가장 쉬운 감정 수업〉 중에서

한국이 경제 대국이 되기 위해서는 3가지가 꼭 필요하다.
첫 번째는 창업가 정신
두 번째는 여성 인력의 활용
세 번째는 금융 교육이다.
이 중 어느 한 가지도 소홀히 해선 안 된다.

존 리 〈존리의 부자되기 습관〉 중에서

브레이크 없는 자동차는 위험하지 않다.
달릴 생각을 하지 않으니까.
위험한 건 브레이크를 믿는 자동차
있다는 건 생각보다 많은 문제를 만든다.

김성민 〈경제학과 인문학의 만남〉 중에서

타인의 비난으로부터 자신을 보호하려면
누구에게나 모든 사람들에게서
사랑을 받으면서 살아가겠다는
생각은 버려야 한다.

박길상 〈마흔 이후는 사람 공부 돈 공부〉 중에서

자신의 삶에 문제가 있다고 느껴졌을 때
우리는 그것을 두 가지 방법으로 바꿀 수 있다.
우선 자신의 생활 조건을 개선하는 것이고
또 하나는 자신의 마음을 개선하는 것이다.
앞의 것은 언제나 가능하다고 할 수 없지만
뒤의 것은 언제라도 가능하다.

랄프 왈도 에머슨 〈자기 신뢰〉 중에서

기쁠 때는 기쁨에 매달리지 말라.
슬플 때는 슬픔을 회피하지 말라.
무심코 기쁨이 되고 슬픔이 돼라.
기쁨도 슬픔도
그저 삶의 한 부분일 뿐이니.

정찬주 〈법정스님 인생 응원가〉 중에서

8자의 의미

가로로 자르면 '0' 타고난 팔자는 없다는 뜻

세로로 자르면 '3' 누구나 3번의 기회는 온다는 뜻

눕히면 무한대 '∞' 당신의 성공 가능성은 무한하다는 뜻

정철 〈당신이 쓰는 모든 글이 카피다〉 중에서

인생은 한 권의 책과 같다.

어리석은 이는 그것을 마구 넘겨 버리지만

현명한 이는 소중히 읽는다.

단 한 번밖에 인생을 읽지 못한다는 것을

알고 있기 때문이다

하루하루를

숙제하듯 살지 말고, 축제하듯 살아야 할 이유다.

유상록 〈기쁜 우리 사랑〉 중에서

누군가는 열등감으로 본인을 피해자로 만들고

누군가는 그 결핍으로 우뚝 일어선다.

열등감과 결핍은 자신의 성장판 자극점이 될 수 있다.

기억해야 할 것은,

타인이 내 결핍과 열등감을 건드리게 만들면 안 된다.

강민호 〈브랜드가 되어간다는 것〉 중에서

대등한 관계라는 것은
상대방을 대등하게 대하라는 말이 아니라
상대를 대하는 것과 똑같은 방식으로
자기 자신을 대하라는 뜻이다.

김달 〈사랑한다고 상처를 허락하지 말 것〉 중에서

작가(Writer)는 글을 쓰는 사람이며
기다리는 사람은 웨이터(Waiter)이다.
이상적인 집필을 하기 위해 기다리는 작가는
한 문장도 쓰지 못한 채 인생을 마친다.
매일 노력하는 1줄이 1권의 작품이 되니까.

류시화 신작 〈좋은지 나쁜지 누가 아는가〉 중에서

나 자신을 위한 삶을 먼저 살고
그다음에 내가 아끼는
사람들을 챙겨야
내가 그들에게 대가를 바라지 않는
너그러움이 생긴다.

하우석 〈내 인생 5년 후〉 중에서

남의 불행을 나의 기회로 여기는
사람들은 결국에 자기도 남에게
똑같은 기회를 줄 거란 걸 모른다.
남의 불행에 웃으면 안 되는 이유다.

이정일 〈오래된 비밀〉 중에서

해야 할 말을 하는 용기보다도
하지 말아야 할 말을 절제하는 게
훨씬 더 중요하다.
잘못 나간 말은 비수가 되어 자신을
해칠 수 있기 때문이다.

정하준 〈그들이 말하지 않는 23가지〉중에서

내가 가는 길이 보이지 않을 때
어디로 가야 할지 알 수 없을 때
이렇게 생각하는 게 좋았다.
보이지 않으니 어디든 갈 수 있겠구나.
알 수 없으니 무엇이든 할 수 있겠구나.

스티브 잡스 〈무한 혁신의 비밀〉 중에서

편견은 내가 다른 사람에게
다가가지 못하게 하고
오만은 다른 사람이 나에게
다가올 수 없게 만든다.

제인 오스틴 〈오만과 편견〉 중에서

가식적인 면이 있는 사람과는
그럭저럭 함께할 수 있지만
진실할 때가 없는 사람과는
함께할 수 없는 게 인간의 관계이다.

김경일 〈지혜의 심리학〉 중에서

20대에는 자신이 좋아하는 일을 찾아라.
자신이 선택한 직업에 인생은 영향이 있다.
30대는 자신의 몸값을 높이기에 주력하라.
헤드헌팅 업체가 탐내는 경쟁력을 갖춰라.
40대는 리더십을 키워라.
위와 아래를 아우르는 가교 역량을 펼쳐라.
50대는 관심 분야를 창출하라.
가지려는 욕심보다 전수하는 삶을 실천하라.

황영기 〈내 인생의 책〉 중에서

부모는 활이고 자식은 화살이다.
화살이 과녁에 명중되기 위해서는
활의 정확도가 결정적 역할을 한다.
안정된 자세로 정확한 방향을 향해도
활이 흔들리면 화살은 과녁을 놓친다.
부모의 태도는 자식의 삶을 결정짓는다.

정호승 〈내 인생에 용기가 된 한마디〉 중에서

생각을 정리하려고 할 때
잘 되지 않는다면, 가장 좋은 방법은
더 열심히 생각을 정리하는 것이 아니라
그 생각을 충분히 쉬는 것이다.

손힘찬 〈오늘은 이만 좀 쉴게요〉 중에서

'편한 사람'이 되어 주되
'쉬운 사람'이 되면 안 되며
대하기 조금 어려울 순 있어도
또다시 만나 보고 싶은 여운이 남는
그런 사람이 결국 사람을 이끌게 된다.

아사노 고지 〈더 팀 The Team〉 중에서

중국이 자랑하는 만리장성도
한때는 돌멩이였다.
당신이 지금 발끝에 차이는
돌멩이 느낌이 든다면
당신은 만리장성이 될 가능성이
충분하다는 뜻이다.

코이케 류노스케 〈생각 버리기 연습〉 중에서

직장인으로 산다는 게
하고 싶은 걸 다 하면서 살 거라고
기대한 건 아니지만
하기 싫은 일을 이렇게나 많이 하면서
살게 될 줄은 몰랐다.

하상욱 〈튜브, 힘낼지 말지는 내가 결정해〉 중에서

뇌가 인생을 바꾼다.

도파민: 쾌락, 보상, 발랄, 동기 부여

노르아드레날린: 침울함, 공포, 투쟁, 도피, 다툼

아드레날린: 공격적, 에너자이저, 투쟁 호르몬

세로토닌: 이성적, 차분함, 침착함, 치유, 공감

멜라토닌: 수면 물질

아세틸콜린: 발상력, 집중력

엔도르핀: 자신감, 지혜, 깨달음

마음이 행복할 때 뇌는 도파민 분비 중

행복은 강도가 아니라 빈도이다.

가바사와 시온 〈당신의 뇌는 최적화를 원한다〉 중에서

사람은 자신을 과대평가하는 경향이 있다.

운전자의 90%는 자신의 운전 능력이

평균 이상이라 생각하고

94%의 교수는 자신이 평균적인 교수들보다

유머 감각이 뛰어나다고 생각한다.

일터에서는 10개의 일을 하고도

15개의 일을 했다고 생각하는 경향이 있다.

로버트 서튼 〈참아주는 건 그만하겠습니다〉 중에서

견지망월(見指忘月)이라는
의미는 손가락으로 달을 가리키는데
달은 보지 않고 손가락만 본다는 뜻이다.
사람을 새로이 만날 때도 마찬가지
겉모습이나 말솜씨에 현혹되지 말고
항시 본질을 파악할 수 있어야 한다.

법륜 〈지금 이대로 좋다〉 중에서

나보다 어리다고 해서

그 사람이

나의 어제를 사는 게 아니다.

같은 오늘을

그저 다른 나이로 살아갈 뿐이다.

그래서 서로의 우정이 가능한 것이다.

이어령 〈생각 깨우기〉 중에서

가장 외롭고 쓸쓸한 순간은

혼자일 때가 아니다.

많은 사람 속에서

자신이 혼자임을 느낄 때이다.

봉현 〈나는 아주 예쁘게 웃었다〉 중에서

부모와 자식 간의 사랑은

원형의 경마장을 달리는 것과 같다.

부모가 자식을 쫓아가면 갈수록

자식은 부모에게 멀어져 간다.

하지만 부모가 가만히 제자리에 서 있으면

멀어져 갔던 자식이 원형을 돌아서

부모가 서 있는 자리로 되돌아온다.

황영기 〈내 인생의 책〉 중에서

살면서 자신에게 저지르는 실수

자신과의 감정소통보다

상대와의 의사소통을 먼저 하려고 하는 것.

또 하나

남에게 좋은 사람이기 위해

나 자신에게 나쁜 사람이 되는 것.

내 마음의 근육이 튼튼해야 행복해집니다.

박상미 〈마음아, 넌 누구니〉 중에서

삶의 양식을 바꾸려고 할 때

우리는 '용기'가 필요하다.

변함으로써 생기는 '불안'을 선택할 것이냐.

변하지 않아서 생기는 '불만'을 선택할 것이냐.

고가 후미타케 〈미움받을 용기 I〉 중에서

분노는 가장 흔한 '2차 감정'이다.

무의식적으로 1차 감정을 덮기 위한 대체 감정!

1차 감정은 대부분 '수치심'이다

한마디로 창피해서 화날 때가 많다는 거다.

자신의 내면을 자주 들여다볼수록

수치심은 스스로 만든 감정임을 알게 되고

그래서 '화'가 줄어든다.

김건종 〈마음의 여섯 얼굴〉 중에서

피곤해 죽겠지? 어떡하니? 그렇게 피곤해서

하나만 물어봐도 돼?

오늘 하루 중에

널 위해서 몇 분이나 썼니?

진짜 궁금해서 그래

니가 누굴 위해서 살고 있는지

뭣 때문에 사는지

원태연 〈눈 뜬 장님〉 중에서

늘 인간관계에 실망하게 된다면
사람 보는 안목이 없거나
상대에게 너무 많은 걸 요구하고 있거나
둘 중의 하나일 것이다.

레스 기블린 〈인간관계의 기술〉 중에서

운전을 잘 못하는 사람은
운전 중에 브레이크 페달을 자주 밟는다.
대화를 잘 못하는 사람이
대화 중에 상대방의 이야기를 끝까지 듣지 않고
자신의 이야기로 브레이크를 자주 걸듯이!

혜민 〈멈추면 비로소 보이는 것들〉 중에서

내 수준이 높아지면
수준 높은 사람들도 나를 알아보기 시작한다.
혼자서 이룰 수 있는 것은 한정적이지만
다른 사람과의 협력을 통해서는
더 많은 것을 이룰 수 있다.

부아C 〈부의 통찰〉 중에서

약함을 '인정'하는 순간
더 이상 약한 것이 아니게 되고
약함을 '자랑'하는 순간
오히려 강함 이상의 강함이 된다.

정류진 〈일의 기쁨과 슬픔〉 중에서

나를 가장 모르는 사람이
사실 '나'일 수도 있다.
그래서 내가 어떤 사람인지
진짜 모습을 알고 싶을 때는 때때로
다른 사람의 말을 들을 필요가 있다.

한상복 〈배려〉 중에서

세상의 모든 반듯한 답은 틀 안에 있고
세. 상. 에! 하는 새로운 답은 틀 밖에 있다.
100점이 목표라면 틀 안에서
101점을 꿈꾼다면 틀 밖으로!

스티브 스콧 〈해빗 스태킹〉 중에서

일을 시작할 때
자신이 가지고 있는 지식과 경험이
오히려 발목을 잡는 때가 있다.
반면에 잘 모르기 때문에 오히려
대담하고 신속하게 행동할 수도 있다.
아는 것이 많지 않을 때
오히려 생각이 창조적일 수 있음이다.

곰돌이 푸 〈행복한 일은 매일 있어〉 중에서

모기가 저울에 앉으면 저울은 아는 척도 하지 않는다.
그러나, 모기가 역기 위에 앉으면 얘기가 달라진다.
천하의 장미란도 역기의 무게에 더해진 모기의 무게는
부담을 느끼지 않을 수 없다.
무게란 그런 것이다. 짐이란 그런 것이다.

정철 〈내 머리 사용법〉 중에서

하면 될 사람이 있고

하면 될 타이밍이 있고

하면 될 사람과 타이밍이 만날 때가 있다.

그런 최고의 경우는

미리 준비된 사람일 때이다.

소노 아야코 〈약간의 거리를 둔다〉 중에서

내가 쓰는 말투에 따라

나의 이미지가 규정되고

관계의 질이 결정되고

자신의 위치가 달라지고

때로는 원하는 것을 손쉽게

얻거나 잃을 수도 있다.

김범준 〈말투의 편집〉 중에서

잘 풀리는 1%의 사람은

자신의 좋은 점을 소중히 한다.

안 풀리는 99%의 사람은

자신의 안 좋은 점을 과도하게 의식한다.

잘 풀리는 1%의 사람은

자신의 만족감을 중요하게 여긴다.

안 풀리는 99%의 사람은

타인이 내리는 평가에 신경을 쓴다.

잘 풀리는 1%의 사람은

자신의 콤플렉스를 방치한다.

안 풀리는 99%의 사람은

자신의 콤플렉스에 집착한다.

이노우에 히로유키 〈습관 디자인 45〉 중에서

지금 혼자가 편하다는 건
다시 용기 내기가 두렵다는 뜻
다시 용기 내기가 두렵다는 건
그동안 거절을 꽤 많이 당했다는 뜻
거절을 꽤 많이 당했다는 건
당신의 경험치가 그만큼 쌓였다는 뜻

현준 〈사실은 내가 가장 듣고 싶던 말〉 중에서

말도 행동이고 행동도 말의 일종이다.
말은 입에서 나오는 순간
행동으로 옮겨 갈 수 있는 힘을 지녔다.
우리의 뇌세포 98%가 말의 지배를 받고
말은 곧 행동을 유발한다.

이서정 〈이기는 대화〉 중에서

어째서인지 사람의 마음도
더러운 화장실 청소처럼
얼마간 곤욕을 치르고 나면
잠시나마 너그러워지고 밝아진다.

김완 〈죽은 자의 집 청소〉 중에서

스키를 잘 타고 싶으면
독학을 하든 배우든 해야지
스키장, 장비 탓하는 건 의미 없다.
공부하기 싫어하는 사람은
학원을 바꿔도 똑같으며
사랑할 줄 모르는 사람은
누굴 만나도 행복해질 수 없다.

손힘찬 〈나는 나답게 살기로 했다〉 중에서

인생에는 언제나 방문객이 있다.
그리고 불청객도 있다.
그들은 절대 혼자 오지 않는다.
불안도 마찬가지다.
우울과 허무감, 무력감과
동행할 때가 더 많다.
그들 역시 내 인생에 찾아온 손님이다.
잘 대접해서 보내야 뒤탈이 없다.

백상경제연구소 〈퇴근길 인문학 수업〉 중에서

회사에서 레버리지 당하는 법

1. 회사가 자기 삶의 전부다.

2. 회사의 발전이 자기 발전의 전부이다.

회사를 레버리지 하는 방법

1. 회사를 자기 삶의 일부로 인식한다.

2. 회사의 발전을 통해 자기 발전을 도모한다.

어떤 마음가짐을 갖고 회사를 다닐 것인가.

본인의 선택이다.

부아C 〈부의 통찰〉 중에서

메멘토 모리와 아모르파티

죽음을 기억하라와 운명을 사랑하라

죽음과 삶의 상반된 의미의 조합은

언젠가 죽을 것이니 이 순간을 소중히 하고

지금 처한 너의 운명을 사랑하라는 것

결국 같은 방향을 바라본다.

박웅현 〈여덟 단어〉 중에서

나의 감정을 먼저 살핀 다음
타인과 공감해야 합니다.
내 느낌, 생각들을 무시하고
상대에게 맞춰주는 것은
결코 공감이 아닙니다.
습관화된 감정 노동일 뿐입니다.

황보라 〈감정 쓰기 연습〉 중에서

"밥 먹었어?"
"어디야? 보고 싶어."
아린 삶의 등을 가만가만 쓸어 주던 말은
근사하거나 멋진 말이 아니었다.
그 말은
돌이켜 보면 단순하고 소박했다.

김이율 〈익숙해지지 마라 행복이 멀어진다〉 중에서

말을 다듬으려거든
우선 자신의 그릇을 다듬어라.
깊은 말을 하고 싶다면
깊은 사람이 되어야 하고
믿음직한 말을 하고 싶다면
믿음직한 사람이 되어야 한다.

신도현 〈말의 내공〉 중에서

대중보다 설득하기 어려운 게

내 눈앞의 한 명이다.

진심이 아니라면,

무조건

들키게 되어있다.

윤선민 〈당신만 바라보며 천천히 걷는다〉 중에서

사람에게 덜 기대할 것

내가 준 만큼 똑같이

받으려고 욕심내지 않을 것

이 두 가지가 인간관계에서

실망하지 않는

가장 단순하고 확실한 방법이다.

레몬심리 〈기분이 태도가 되지 않게〉 중에서

매우 어리석은 사람도

다른 사람을 탓할 때는 똑똑하다.

매우 총명한 사람도

자신을 용서할 때는 잘못을 범한다.

백선혜 〈명심보감〉 중에서

말에만 집중하다 보면
사람을 놓치기 쉽다.
옳은 말을 하는 이유도
결국 사람을 위해서다.
말을 관철시키려고
사람을 묵살해 버리면
옳은 말이 가진 명분은
사라져 버린다.

류승연 〈배려의 말들〉 중에서

그 사람이 어떤 사람인지
3가지를 보면 알 수 있다.

1. 자신이 한 말을 얼마나 지켜 내는가
2. 불평이 얼마나 많은가
3. 많은 시간을 어디에 쓰는가

글배우 〈모든 날에 모든 순간에 위로를 보낸다〉 중에서

무엇이 미물이고

무엇이 영물인지

알다가도 모를 때가 많단 말이야.

바닷가 바위틈에 사는

'강구'라는 벌레가 있거든

이 녀석들은 태풍이 오기 전날,

이미 알고 뭍으로 피난을 가버려.

정채봉 〈스무 살 어머니〉 중에

빵이나 우유는 물론, 운전면허증에도 유효기간이 있다.

신용카드나 할인쿠폰에도 유효기간이 있다.

그러나

지갑 속 주민등록증에는 유효기간이 없다.

유효기간이 지난 사람은 단 한 사람도 없다는 뜻이다.

강신주 〈상처받지 않을 권리〉 중에서

상대방의 '말 없음'에는 두 가지가 있다.

하나는 '말하고자 하나 말하지 못함'이요,

또 하나는 '말할 수 있으나 말하지 않음'이다.

오민수 〈중앙일보 더 오래〉 중에서

내 일에 애정을 쏟지 않는다면 그것은

내 일이 아니라 남의 일을 대신해 주는 것이다.

무슨 일이든 그 일에 흠뻑 빠지지 않는다면

그것은 결코 내 일이 아니다.

애정과 욕심이 느껴질 때 비로소 내 일이 된다.

아나모리 가즈오 〈왜 일하는가〉 중에서

회사에서 가장 힘든 것이

사람 때문에 받는 스트레스라면

생각을 바꿀 것!

회사를 그만두고 나면

그들은 그냥 지나가는 행인 1이기 때문이다.

한성희 〈딸에게 보내는 심리학 편지〉 중에서

암기된 지식만으로 업무를 처리하고
문제를 해결하는 시대는 이미 지났다.
스마트폰을 손에 쥔 36억 명의 인류는 실시간으로
구글에, 위키피디아에, 유튜브에 있는 지식 모드를
자기 것처럼 활용할 수 있으며, 새로운 정보가 발생하면
몇 분 만에 30억 명 인구에게 복제 가능한 시스템을 가진 인류,
그것이 포노 사피엔스의 정의다.

최재붕 〈포노 사피엔스〉 중에서

넷플릭스 큐레이션의 탁월성은
'기술'에 있는 것이 아니다.
콘텐츠를 극도로 잘게 쪼개 내는
'사람'에게 있었다는 것이다.
AI를 통한 초개인화 기술로 유명한
넷플릭스도 사람의 손길,
즉 휴먼 터치가 있었을 때
고객 만족을 고도화시킬 수 있었다.

김난도 〈트렌드 코리아 2021〉 중에서

어떤 재난이든 그것을 끌어당기는

마음이 있기 때문에 일어난다.

마음이 부르지 않는 일은

그 어떤 일도 일어나지 않는다.

현실이

사람의 마음과 태도를 만드는 것이 아니라,

마음이

현실을 만들고 움직여 나가는 것이다.

이나모리 가즈오 〈왜 리더인가〉 중에서

당신이 지금 큰 조직 안에 속해 있다면

수시로 집단에서 벗어나 혼자만의 시간을 가져라.

무리 속에서 벗어나 있어야 스스로 제대로 볼 수 있다.

혼자 있으면 잡음이 줄어든다.

그래야 비로소 들리는 것이 있다.

센다 자쿠야 〈혼자 있어야 시작할 수 있다〉 중에서

지금은 모든 기업이 광고 회사다.

특성화에 성공한 우버 택시의 경우

탑승객 데이터를 통해

사용자들이 어디에서 일하며

언제, 몇 시에 어떻게 이동하는지

탑승객의 행동적 측면에 대한

데이터 정보를 수집하여 머지않아

사용자와 마켓을 연결해 주는

플랫폼을 오픈할 것이다.

마셜 밴 엘스타인 〈플랫폼 레볼루션〉 중에서

사람을 판단할 때

가장 큰 실수 중 하나는

그 사람의 최선을 보고 판단하는 것이다.

함께하고자 한다면

최악을 함께 경험하라.

그러면 최소한 원망할 일은 없을 것이다.

고영성 〈일취월장〉 중에서

여러 사람이 저잣거리에 호랑이가 있다고 말하면

저잣거리 지나기가 두려워집니다.

아무리 근거 없는 말도 여러 사람이 말하면

참말로 있다고 믿게 되는 것입니다.

사람이 셋이면 호랑이도 만들어 낸다는 뜻

삼인성호(三人成虎)입니다.

왕펑빈 〈한비자(韓非子)〉 중에서

'존경'을 의미하는 영어 Respect는

다시(Re) 본다(Spect)는 뜻이다.

한 인물을 스승으로 삼은 것은 존경하기 때문이다.

존경은 스승을 보고 또다시 보는 것이다.

그리하여 스승을 통해 나를 재발견하고

내 삶을 조망해 가는 것이다.

홍승완 〈스승이 필요한 시간〉 중에서

인정받으려고 하는 데 시간을 쓰지 말고

인정할 수밖에 없는 사람이 되는 데

시간을 쓰는 게 더 중요하다.

글배우 〈모든 날에 모든 순간에 위로를 보낸다〉 중에서

브레이크 성능을 믿을 수 있을 때
자동차가 전속력으로 질주하듯이
하고 싶은 일을 최대한 하고 싶으면
자제력을 키워야 한다.

박옥수 〈나를 끌고 가는 너는 누구냐〉 중에서

기억을 머리에 넣는 입력으로 생각하기 쉽다.
그러나 입력한 것을 떠올리는 작업을
하지 않으면 머릿속에 남지 않는다.
기억 시간과 상기 시간
두 가지 작업이 세트로 이루어져야 기억이다.

무크노키오사미 〈리스타트 공부법〉 중에서

아는 척하다 들통나서 창피 사는 법
위로하고 충고한다며 지적질하다 사람 잃는 법
핵심을 강조하려다 오히려 핵심을 놓치는 법
그런 법을 알고 싶다면
간단하다.
말을 많이 한다.

김은주 〈1cm 플러스〉 중에서

자신이 만들어 놓은 법칙을

언제든 깰 수 있는 사람이 되세요.

정말 자유롭고 위대한 것에는

법칙과 강박이 없습니다.

글배우 〈모든 순간에 위로를 보낸다〉 중에서

노후에 인생을 후회하는 사람들을 만나보면

한 가지 커다란 공통점이 있다.

그냥 앞만 보고 열심히 살았다는 것이다.

멈추고 생각할 시간을 갖지 않았다는 것이다.

이민규 〈생각의 각도〉 중에서

중국의 어느 깊은 골짜기에 사는

소수 민족의 인사말은

"어느 산에 가십니까?"이다.

길을 잃고 돌아오지 않으면

그 산으로 찾으러 갈 수 있기 때문이다.

진심이 담긴 인사다.

임창연 〈인사법〉 중에서

능력이 있으면 가장 쉽게 얻을 수 있는 게 인맥이다.

그러나

능력이 없어지면 인맥이라 생각했던 사람들은

당신을 그저 '그냥 아는 사람'으로 취급한다.

의미 없는 인맥에 집착할 필요 없음이다.

권민창 〈잘 살아라 그게 최고의 복수다〉 중에서

'진화'와 '진보' 두 단어는 전혀 다른 의미다.

진보는 앞으로 나아감이라는 의미이고

진화는 변화하는 것이라는 의미다.

진보하기보다는 진화하라.

고정관념을 깨는 변화가 있어야 진화되니까.

박용후 〈관점을 디자인하라〉 중에서

"할 수 있어." "힘내."

라는 말이 능사는 아니다.

마음의 짐을 덜어줘야 할 때도 있다.

이루어지지 않는 일에 지친 사람에게는

"할 만큼 했으니 더 이상 노력하지 않아도 돼."

라고 해줄 수 있어야 한다.

나이토 요시히토 〈마음을 울리는 36가지 감동의 기술〉 중에서

"1을 생각해서 1을 말하고 1을 전해야지."
그런 사람은 절대로 상대에게 자신의 마음을 전할 수 없다.
1을 전하고 싶으면, 10을 말하고 10을 말하려고 하면
100을 생각해야 한다.
100을 생각해야만 비로소 1이 전해지는 것이다.

나카타니 이키히로 〈행복어 사전〉 중에서

비슷함을 확인하는 편안한 소통보다는
서로 다름을 인정하는 불편한 소통이
우리를 성장시킨다.

정여울 〈그때 알았더라면 좋았을 것들〉 중에서

사람을 대할 때
가르치려 하지 마라
진심으로 함께하는 마음이면 절로 통한다.
세상이 혼란스러운 것은
배우고자 하는 사람은 없는데
가르치려고 하는 사람이
너무 많기 때문이다.

허허당 〈머물지 마라 그 아픈 상처에〉 중에서

인간은 하루에 6만 번의 생각을 한다.

그런데 그중 95%는

어제 했던 생각의 반복이다.

나머지 5%도 별반 다르지 않다.

이지성 〈생각하는 인문학〉 중에서

지나간 잘못을 일일이 후회하지 마세요.

그리고

상실을 완전한 상실로만 생각하지 마세요.

소중한 것을 잃을 때에는

반드시 얻는 게 있다는 걸 기억하세요.

마리 루티 〈하버드 사랑학 수업〉 중에서

자기만의 노하우를 움켜쥐고 살아가는 사람은

또 다른 성장의 기회를 잃어버리고 만다.

지금 가지고 있는 노하우로 성공할 수 있다고

생각하기 때문에 그 노하우에 의존하게 되고,

결국은 답보 상태에 머무르기 때문이다.

나카타니 아키히로 〈기획력〉 중에서

독일의 잘란트 대학과 뷔네부르크 대학의
협상의 결과 차이 분석 연구에 따르면
표현 방법이 가장 중요한 이유라고 한다.
① 150만 원에 팔았으면 합니다
② 150만 원에 차를 드리겠습니다
이미 내 차로 인식한 고객은 ②번이었다.

김범준 〈모든 관계는 말투에서 시작된다〉 중에서

누군가 나타나서 내 문제를 좀 해결해주길 바랄 때
기억하세요.
이 세상은 절대로 공짜가 없다는 사실을요.
문제가 해결되고 나면 이번엔
공짜로 문제를 해결해준 그 사람이 문제가 됩니다.

혜민 〈고요할수록 밝아지는 것들〉 중에서

한국말을 지켜야 한다는 건
한국말만 써야 한다는 게 아니다.
꼭 써야 할 말을 제대로 살펴서
제자리에 알맞게 쓰라는 것이다.
그래야
영어를 한국말로 옮기든,
한국말을 영어로 옮기든
올바로 알맞게 해낼 수 있다.

최종규 〈겹말 꾸러미 사전〉 중에서

가끔 보면 충고가 도움이 된다고
단호하게 말하는 사람이 있다.
근데 문제는,
타인의 충고를 듣고 따를 만큼
성숙한 사람이 그리 많지 않다는 것이다.

사이토 히토리 〈부자의 인간관계〉 중에서

직원이 100명이 있어도
그 회사가 사장의 지시 한마디에
모든 사람이 똑같이 움직인다면
직원은 한 사람밖에 없는 것과 마찬가지다.

나카타니 이키히로 〈30대에 하지 않으면 안 될 50가지〉 중에서

우연히 마주친 글귀가 내 마음을 만졌다

세상은 서둘러 변하고
사람은 서둘러 좇아가고

유행은 서둘러 도망가고
사람은 서둘러 따라잡는

끝없고 불안한 세상살이

그 세상이 버거워지면
넉넉한 가슴에서 소리 내어
맘 놓고 울고 싶은 날이 있다.

솔잎 향 은은하게 일어서는
한적한 곳에서 토닥이는 손길
느끼고 싶은 날이 있다.

그런 날 우연히 마주친 글귀는

힘 있게 던진 칼날이 과녁에 박히듯
흔들리던 심상에 꽂히고

도끼가 참나무를 한 번에 쪼개듯
시원하고 상큼한 결론으로
나무의 속살을 보게 만든다.

마음을 다독이고
온전한 결심을 보여 주며
무심(無心)의 깨달음을 주었던
작가님들께 감사드립니다.

김성희